EL BARCO DE VAPOR

El talismán del Adriático

Joan Manuel Gisbert

sm Joaquín Turina, 39 28044 Madrid

Primera edición: octubre, 1988
Novena edición: marzo, 2000, revisada por el autor

Dirección editorial: María Jesús Gil Iglesias
Colección dirigida por Marinella Terzi

Ilustración de cubierta: Alfonso Ruano

© Del texto: Joan Manuel Gisbert, 1988
© De las ilustraciones: Alfonso Ruano, 1988
© Ediciones SM, 1988
 Joaquín Turina, 39 - 28044 Madrid

Comercializa: CESMA, SA - Aguacate, 43 - 28044 Madrid

ISBN: 84-348-7066-5
Depósito legal: M-1280-2000
Preimpresión: Grafilia, SL
Impreso en España / *Printed in Spain*
Imprenta SM - Joaquín Turina, 39 - 28044 Madrid

> No está permitida la reproducción total o parcial de este libro, ni su tratamiento informático, ni la transmisión de ninguna forma o por cualquier medio, ya sea electrónico, mecánico, por fotocopia, por registro u otros métodos, sin el permiso previo y por escrito de los titulares del *copyright*.

A Pilar Jiménez,
entre el amanecer y el sueño,
siempre amiga.

Primera parte

1

En el atardecer de uno de los últimos días de la primavera del año 1498, llegó al monasterio benedictino de Upla, en Croacia, un jinete embozado. Ante la puerta del recinto solicitó ser recibido por el abad, aduciendo motivos urgentes que no podía detallar.

Josip Maros, el anciano abad, aunque turbado y molesto por la intemperancia del desconocido, accedió a recibirlo para averiguar qué asunto lo traía y no dar ocasión a un altercado.

En cuanto estuvieron los dos hombres a solas en la desnudez del locutorio, el visitante se descubrió el rostro y le preguntó al abad, mostrándose ante él:

—¿Me reconocéis? ¿Sabéis quién soy y cuál es mi cargo en el condado?

No sin sorpresa, Josip Maros identificó al caballero. Sólo lo había visto en una ocasión, pero le bastaba.

—Sí, os reconozco. Sois el doctor Kelemen, médico personal del conde Váltor, señor temporal de estos dominios. Pero no acierto a adivinar el motivo de vuestra inesperada visita. ¿Acaso el conde está enfermo?

—Su salud no despierta inquietudes. El motivo es otro. Debo deciros ante todo que lo que he venido a tratar con vos es altamente secreto.

Con creciente incomodidad, el viejo abad murmuró:

—Os escucho, doctor Kelemen. Tenéis mi discreción asegurada.

—¿Hay en el monasterio algún joven novicio, de aspecto desmañado y campesino, pero no carente de valor y astucia, que pueda llevar a cabo una misión del mayor interés para el conde Váltor?

Josip Maros movió las manos con preocupación y preguntó:

—¿En qué consistiría la misión?

—En transportar una mercancía secreta a través del condado.

—¿Y para un transporte secreto y de importancia necesitáis a un simple joven astuto de aspecto desmañado? No parece lo más idóneo.

—Precisamente lo es.

—¿Me ayudáis a comprender por qué?

—El pequeño cargamento estará más seguro bajo la custodia de un muchacho de aspecto anodino, de quien nadie sospechará nada, que entre una escolta de soldados. Un grupo de hombres armados puede ser reducido por otro mayor, o más audaz, o que actúe por sorpresa, y a su paso atrae la atención y despierta recelos. Y es de vital interés que el transporte de esa carga se haga de manera totalmente disimulada.

—Entiendo la sutileza de vuestro razonamiento.

Pero los bosques y los caminos están llenos de salteadores que no vacilarían en despojar a una persona indefensa de todo lo que llevara, fuese o no de gran valor. Nada puede garantizar que la mercancía de que habláis llegue salva a su destino, ni siquiera el aspecto humilde de un novicio.

—El muchacho no estará desprotegido —continuó Kelemen, como si ya diese por segura la aquiescencia del abad—. Habrá una red de vigilancia, casi invisible, que velará por su seguridad. Contará con diversas ayudas, incluso sin él saberlo. Únicamente hará solo un primer trecho del viaje. No lo dejaremos expuesto toda la noche a las incertidumbres del camino; sería una insensatez.

El anciano benedictino, lleno de dudas y temores, preguntó:

—¿Hay, como deduzco, gentes que estarían dispuestas a apoderarse de ese cargamento si supieran dónde encontrarlo?

—Podría haberlas —repuso el médico ambiguamente—. En especial si algo las alertara y las indujese a pensar que está a su alcance, viajando por el condado. Pero un simple novicio conduciendo un carro es la última persona que podría despertar esas sospechas. De ahí la petición urgente que se os hace.

—Puede que tengáis razón, no lo sé. Pero yo no arriesgaría ni uno solo de los objetos litúrgicos del monasterio, ni el más sencillo de los volúmenes de nuestra biblioteca, en semejante viaje.

—Lo comprendo. Vos no tenéis motivo para someter esos objetos a tal riesgo. Pero la situación de la que os hablo es de distinta naturaleza. Es necesario que el cargamento secreto sea transportado, y cuanto antes.

—¿Puedo preguntaros acerca de la índole de esa carga?

—Ya lo habéis hecho. Pero os ruego que comprendáis que no me está permitido dar respuesta. No soy más que un emisario del conde Váltor, con el encargo de organizar la expedición esta misma noche.

—¿Tan pronto? Pero ¿quién y cuándo traerá los bienes que han de ser transportados?

—Ya están aquí.

—¿En el monasterio? —preguntó el abad, incrédulo.

—Sí.

—¿Los habéis traído vos?

—De ningún modo. Eso habría supuesto correr un riesgo innecesario. Están aquí desde la pasada noche.

A la inquietud del abad se añadió la alarma:

—¿Sin saberlo yo? ¿Sin saberlo ninguno de los monjes?

—Disculpad. Fue necesario hacerlo así.

—¿Cómo resultó posible el hecho?

—Los dos peregrinos germanos que llegaron ayer eran, en realidad, enviados del conde Váltor. Hombres hábiles, capaces de introducir tres cajas en el monasterio sin ser sorprendidos. Pero ahora será necesaria la intervención de un novicio para protegerlas todavía mejor.

—¿Quién sabe que las cajas están aquí? —preguntó el abad, temeroso de que atrajeran convulsión y desgracia.

—Nadie, excepto vos, yo mismo y los dos hombres que las trajeron. Todo ha de transcurrir en el máximo secreto: es primordial.

Josip Maros vio derrumbarse sus esperanzas. No le iba a ser fácil negarse a la petición del médico del conde. La presencia de las cajas en el monasterio complicaba enormemente la situación. Si contenían algo codiciable y, por tanto, peligroso, su primer deber como abad era procurar que fuesen alejadas del recinto lo antes posible, aunque no a cualquier precio.

Kelemen advirtió la inquietud del abad y se aprovechó de ella:

—La presencia de las cajas en el monasterio no debe turbar vuestro ánimo. Es una situación transitoria. Como os he dicho, esta misma noche saldrán de aquí.

—¿En qué lugar del monasterio se encuentran?

—Permitidme que no os lo revele hasta que el muchacho elegido se disponga a emprender el viaje. Será cuestión de poco tiempo.

Visiblemente abrumado, el abad dijo:

—Esta situación y lo que me proponéis contravienen todas nuestras reglas.

—Bien lo sé. De ningún modo vulneraría la paz del monasterio si no se tratara de un asunto de la mayor trascendencia.

—Lo que se me pide supera mi autoridad abacial.

Mis atribuciones no llegan hasta el punto de poder autorizar semejante cosa.

—Se trata de una emergencia inaplazable. No puedo apelar más que a vos: sois la máxima autoridad del lugar donde ahora está el cargamento. ¿A quién, si no, podría someter la petición? Y no olvidéis que actúo por orden y deseo del conde Váltor, protector del monasterio.

Con un hilo de voz, Josip Maros expresó:

—Nunca tuve que decidir ante una emergencia tan extraña como ésta.

—Tened presente que vuestra intervención en el caso va a ser limitada. Se reducirá a ceder por breve tiempo uno de los jóvenes internos. Y en cuanto el muchacho inicie su viaje, estará bajo la directa autoridad del conde. Vos ya nada tendréis que ver con su misión ni os alcanzará responsabilidad alguna.

El abad opuso:

—A la conciencia nada se le escapa. Las consecuencias de una decisión indebida no conocen límites en el alma.

—Pero el tiempo de que disponemos, sí: se está agotando —dijo Kelemen con aspereza—. ¿Habéis pensado ya en qué muchacho puede ser el más adecuado?

—¿Cómo puedo saberlo yo? Carezco de experiencia en estos casos.

Resuelto a vencer sus últimas resistencias, Kelemen amenazó:

—Sería imprudente por vuestra parte contrariar la voluntad del conde Váltor. Él cuenta con la decidida colaboración del monasterio. Desairarle sería tanto como originar un grave conflicto. Realmente, la causa no lo merece.

Falto de recursos, el abad preguntó:

—¿Sabré en los próximos días, ya que no es posible ahora, cuál es el misterioso contenido de las cajas?

El médico no vaciló en asegurar:

—Por el mismo conde Váltor lo sabréis, cuando os venga a dar las gracias. Y ahora decidme: ¿cuál es el novicio designado?

—Estoy pensando en Matías —dijo el abad a regañadientes.

—Habladme de él.

—No es mucho lo que puedo deciros. Lleva poco tiempo entre nosotros, apenas medio año. Vino al monasterio casi por azar. En realidad, ni siquiera es un novicio. Le dimos acogida porque estaba solo y desamparado. Es un muchacho de origen humilde, campesino. Sus padres murieron en la epidemia del pasado verano. Quedó solo. Eso es lo que nos dijo. Y no era lo bastante diestro ni tenía suficientes años para cargar sobre sus espaldas, en solitario, el duro laboreo de las tierras. Estuvo un tiempo vagando por bosques y caminos hasta que llegó aquí. Su fe no parece muy robusta. Pero es muy joven, casi un zagal: ya tendrá ocasión de definirse.

—Sí, puede ser adecuado. Hablaré con él ahora.

—Sólo si me aseguráis que no correrá ningún peligro grave.

—Su trabajo será conducir la carreta. Todo lo res-

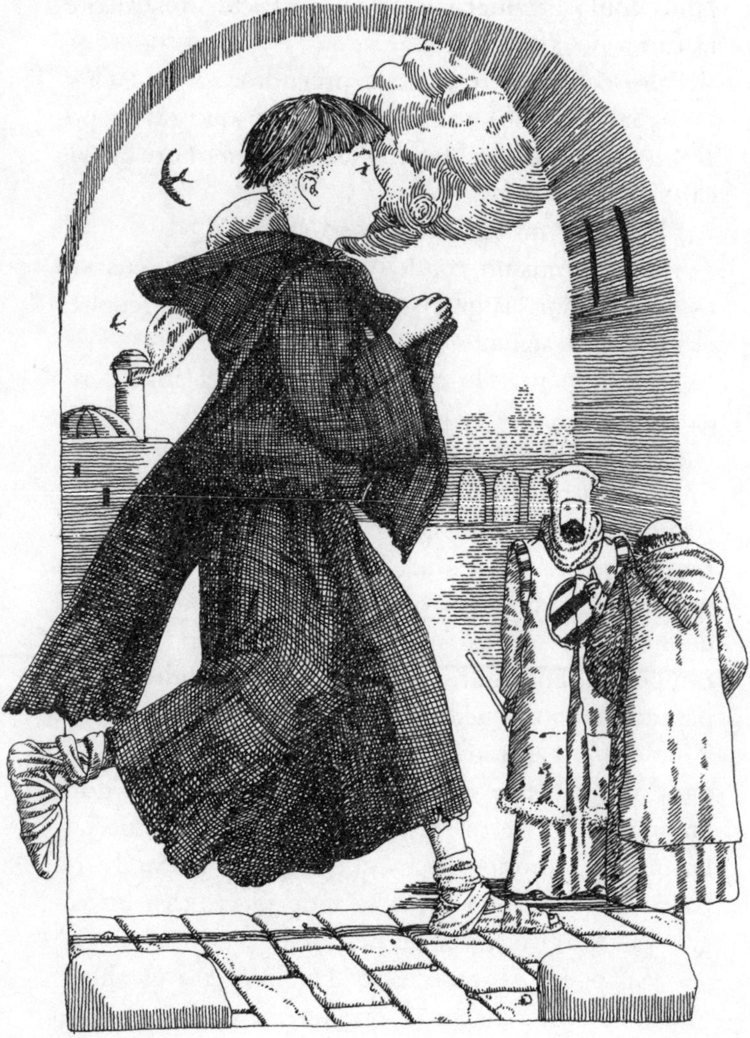

tante quedará a nuestro cargo. Tenemos los suficientes hombres emboscados. Veamos ya al muchacho.

El abad tiró de un cordón que pendía junto a uno de los muros. Kelemen se cubrió otra vez con el embozo. Al poco rato, entró en el locutorio un monje aún más anciano que el abad. Josip Maros le murmuró algo al oído.

Keleman paseaba impaciente por la estancia. Sus pisadas resonaban en la bóveda. La penumbra era cada vez mayor: oscurecía.

2

Aprovechando la última luz del día, Matías despedazaba un grueso terrón en el huerto del monasterio cuando recibió el aviso de labios del viejo monje:

—Preséntate enseguida en el locutorio. El abad te está esperando.

El muchacho dejó la azada y preguntó con recelo:

—¿Qué quiere de mí?

—No lo sé, Matías. Está con un caballero importante.

El chico torció el gesto. Aunque no consideraba aquel lugar como su morada definitiva, le repugnaba la idea de ser reclutado a la fuerza para servir como paje de soldados en la milicia del condado. Temió que el abad hubiese autorizado su salida del monasterio por considerarlo poco inclinado a la vida monacal. Dijo:

—¿Monje o soldado ha de ser el pobre que no quiere trabajar la tierra o conducir rebaños? ¿No hay nada más?

—No hables así, Matías —dijo el monje—. Eso es soberbia. Que sea lo que Dios quiera. Ni tú mismo sabes qué puede ser lo mejor para ti. Confía en la divina providencia. Ve corriendo: te esperan.

Cuando el muchacho entró en el locutorio notó sobre sí todo el peso de la mirada escrutadora de Kelemen, que permanecía aún embozado. Distinguió también, a un lado, la figura encogida del abad: tenía aspecto de estar allí contra su deseo.

—Yo le hablaré al muchacho —le dijo Kelemen a Josip Maros, que pareció aceptar con alivio la cesión de la palabra—. Matías... Es así como te llamas, ¿no?

—Sí, señor.

—Escucha ahora con atención y no pierdas palabra. El alto interés del condado, que es también el de este monasterio, espera de ti que emprendas un viaje. Puedes estar contento: una oportunidad fuera de lo común llama a las puertas de tu vida. El conde Váltor sabrá recompensarte. Partirás esta misma noche, conduciendo una carreta ligera, en dirección a poniente. Llevarás tres cajas hasta el destino que más adelante se te comunicará. Fingirás en todo momento no ser más que un novicio que se dirige con sus pobres pertenencias y andrajos a la Abadía del Mar. ¿Te consideras capaz de cumplir el cometido?

La presteza con que respondió Matías sorprendió a los dos hombres:

—Sé conducir una carreta, podré llevarla a poniente. Si el abad lo permite, no me negaré.

A Kelemen le extrañó la forma de hablar de Matías. Había esperado un lenguaje tosco y campesino, mayor vacilación, una cierta resistencia inicial. También le llamó la atención la peculiar energía que parecía desprender el cuerpo enjuto del adolescente.

Su mirada, en especial, no traslucía duda ni temor, sino convicción. Kelemen quiso ponerlo a prueba diciéndole:

—No estarás expuesto a ningún peligro grave, pero necesitarás astucia, valor y decisión a lo largo de tu ruta. Debo advertírtelo.

—Para vivir se necesita astucia, valor y decisión —repuso el extraño muchacho—: ya estoy acostumbrado.

El abad estaba sorprendido e incómodo. Las respuestas de Matías lo tenían desconcertado. Nunca habría esperado del chico aquella firmeza arrogante. Sin mucha convicción, intervino en el diálogo:

—Por supuesto, hijo, estarás en tu derecho si prefieres no hacer ese viaje. Yo no me opongo a que vayas, pero la decisión te pertenece.

El médico, sin dar lugar a una respuesta de Matías, dijo:

—Para decidir querrás conocer mejor el cometido.

—Quiero conocerlo para llevarlo a cabo —repuso el muchacho—. Mi decisión ya está tomada.

Kelemen dudó por unos momentos. Habría preferido un chico más ingenuo y llano, más asustadizo, incluso. Matías no lo era. Sus respuestas revelaban un carácter fuerte y una instrucción muy superior a la de un muchacho de origen campesino. Pero aquello, pensó, también podía ser una ventaja. Finalmente se decidió a exponerle lo que se esperaba de él en parecidos términos a como antes lo había hecho ante el abad. Insistió mucho en que no estaría abandonado a sus propias fuerzas. Ojos vigilantes y sigilosos velarían por el buen curso de su travesía por los bosques, aseguró.

Matías escuchó la misteriosa explicación casi sin pestañear, como si la esperara o la conociera de antemano. Por último, el médico agregó:

—Por ninguna razón intentarás abrir las cajas, que están sólidamente remachadas. Su contenido no te concierne. Te abstendrás de intentar averiguarlo: sería muy peligroso para ti. Por tu propio bien, te está prohibido. ¿De acuerdo?

—Sí.

—Además, si sucumbes a la tentación de curiosear dentro de las cajas, nosotros lo sabremos: perderás nuestra confianza y serás apartado de la misión antes del alba.

—No era necesario decírmelo, señor. Lo daba por seguro.

—Mejor así.

El anciano abad terció nuevamente:

—Matías, ten en cuenta que, por lo que dice el doctor Kelemen, se trata de una misión muy delicada, no de una aventura de muchachos.

El chico replicó:

—Si pensara que es una aventura de muchachos, no la emprendería.

—Vayamos al lugar donde fueron depositadas las cajas —dijo Kelemen—. Pero será necesario actuar en ausencia de testigos.

El abad salió del locutorio, seguido por el médico del conde Váltor y por Matías. En el corredor, a cierta distancia, el anciano monje esperaba sentado

en un banco. Parecía dormitar. Josip Maros lo zarandeó suavemente por los hombros y le susurró que ya podía retirarse. El anciano lo hizo enseguida y desapareció por uno de los extremos oscuros del corredor.
—Vamos —dijo Kelemen—. Las cajas están en el establo de las caballerías.

3

En silenciosa comitiva, los tres pasaron sin ser vistos por el claustro, ya en penumbra. Después atravesaron la tahona, solitaria a aquella hora, y la cocina de los monjes, desierta también.

Continuaron por largos corredores, siguiendo un intrincado itinerario. El abad procuraba, guiándolos, evitar encuentros inoportunos con miembros de la comunidad. Lo consiguió. Llegaron al establo indicado sin que nadie sorprendiera su recorrido por el recinto monacal.

Aquella dependencia era el lugar más adecuado para preparar un viaje repentino. Uno de sus portones daba casi directamente al exterior, a través de un patio.

El abad propuso encender un par de antorchas grandes, pero Kelemen declinó el ofrecimiento.

—Una simple tea bastará —dijo, disponiéndose a encenderla—. Hay que evitar resplandores que puedan ser vistos.

—Pero, mañana, Matías será echado de menos —opuso el abad, sintiéndose amparado por aquel argumento—. No hay modo de evitarlo.

—Diréis haberlo mandado a la Abadía del Mar

—indicó Kelemen, sin mostrar preocupación alguna por la objeción—, para ver si allí se adapta mejor a la vida conventual.

A la débil luz de la tea, el médico examinó el lugar, orientándose. Los caballos estaban a un lado, algo inquietos por la presencia de los tres recién llegados. En el otro sector se encontraban las carretas ligeras de que disponía el monasterio, y una profusión de arreos, herramientas, tablas y maderos.

Las esperanzas del abad renacieron. Le parecía inverosímil que en aquel lugar desguarnecido pudieran haber sido depositadas valiosas mercancías. Quiso creer que Kelemen se engañaba y que pronto se vería forzado a admitirlo. Así, la enigmática expedición no tendría que llevarse a cabo y el monasterio quedaría libre de todo compromiso.

El médico, aproximándose a uno de los rincones con la tea encendida en la mano, anunció:

—A juzgar por lo que me dijeron los enviados germanos, las cajas están bajo este montón de ejes y travesaños. Matías, ayúdame. Señor abad, tenedme la llama.

Todavía esperanzado, Josip Maros sostuvo la tea mientras los otros dos deshacían el montón aludido. Sus manos temblaron cuando, al poco rato, bajo los últimos listones aparecieron tres cajas.

Eran de madera, de tamaño mediano, muy sólidas. Pero su aspecto tosco no inducía a pensar que contuvieran algo valioso o importante.

Kelemen y Matías arrastraron las cajas hasta sacarlas totalmente de su escondrijo. Luego, a un gesto del médico, Matías se ocupó de volver a colocar los ejes y travesaños del modo en que estaban antes.

—Será conveniente, reverencia —dijo Kelemen, aproximándose al abad—, que el muchacho disponga de un salvoconducto o documento firmado por vos y con vuestro sello.

—¿Con qué texto? —preguntó Maros, que no esperaba aquella nueva exigencia.

—Con uno que confirme la versión que hemos convenido: el muchacho se traslada, con vuestro permiso, a la Abadía del Mar, para ver si encaja en aquella comunidad. Es el último favor que os pido, en nombre del conde Váltor.

El abad dijo:

—No puedo preparar el documento aquí. Tengo lo necesario en mi despacho.

—¿Podéis ir allí, redactarlo y volver con él sin despertar recelos?

Muy a su pesar, Josip Maros dijo:

—La comunidad está reunida en oración. Podré actuar libremente.

—Os ruego, pues, que lo hagáis enseguida. Al muchacho le será de mucha ayuda el escrito. Por él os lo pido.

El abad emprendió el camino, aturdido. Bien sabía que aquellas circunstancias le imponían llamar a los monjes a consejo antes de autorizar la partida de Matías. Pero Kelemen le había impuesto silencio. No tenía más opción que obedecer, si quería evitar males mayores.

En el establo, el médico le dijo a Matías:

—Las cajas están trucadas. Tienen una parte oculta muy bien disimulada. Tú no las abrirás en ningún caso. Pero, si alguien lo hace, no demuestres especial inquietud. Con ella delatarías que llevas algo importante. Limítate a fingir el enfado normal del caso. Si algún intruso llega a abrir las cajas, sólo encontrará, revueltos, hábitos de novicio, andrajos, sencillos utensilios y pliegos de oraciones. Nada más. Para descubrir el contenido oculto sería necesario desarmarlas por completo. El secreto está bien escondido, no temas. ¿Quieres preguntar algo?

—¿Cómo sabré quiénes son los que me protegen?

—Algunas veces lo sabrás, pero no siempre. Ten en cuenta que estaremos obligados a actuar con gran cautela para no levantar sospechas. Por tanto, no confíes en nadie que te salga al paso o se cruce en tu camino, y muestra sólo el temor normal en esos casos. Todos han de creer que viajas solo, por tu cuenta, sin ayuda de nadie, con una carga de valor despreciable. ¿Estamos?

—Sí.

—Cumple bien tu papel y tendrás ocasión de celebrarlo. El conde Váltor será generoso contigo.

Matías no dejó traslucir reacción alguna al oír la promesa. Tan sólo preguntó:

—¿Tengo que llegar hasta la Abadía del Mar?

—No. Será sólo tu objetivo figurado. Pero sí tienes que ir en esa dirección, hacia el mar Adriático. ¿Conoces los caminos de los bosques?

—Sólo hasta la cordillera de Kapela. Hay muchos que llevan allá.

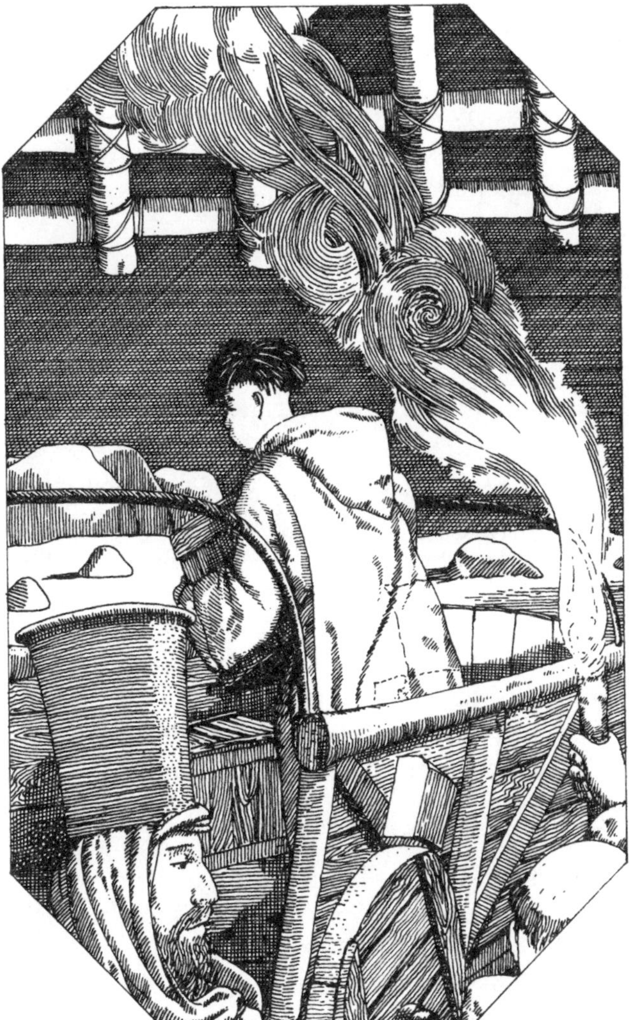

—Elige en cada momento la bifurcación que te parezca más segura, pero desviándote lo menos posible. Al llegar a la cordillera, pasarás por uno de sus desfiladeros, siempre en dirección al mar. Pero antes de ese momento ya te habremos dado instrucciones más precisas. Y, recuerda, pase lo que pase, tú sigue siempre adelante con las cajas. Siempre adelante. ¿Está claro?

—Muy claro.

—Ya es tarde. El tiempo es nuestro enemigo principal. No podemos entretenernos más. De todas las carretas, ésta parece la más ligera y resistente. Escoge dos caballos fuertes y los engancharemos.

Cuando el abad volvió a los establos con el documento, la carreta estaba ya casi dispuesta. Matías cargaba en ella, con ayuda de Kelemen, las tres enigmáticas cajas.

El médico examinó el documento, lo consideró adecuado y se lo entregó a Matías. Luego le dijo al abad, con prisa:

—Entre nosotros está todo hablado. No es prudente que yo permanezca en el monasterio por más tiempo. Tengo que partir enseguida, antes que Matías.

—Os acompaño —dijo el abad, adelantándole.

Mientras caminaban por los corredores solitarios, Josip Maros preguntó:

—¿Cuándo volverá Matías?

—En unas jornadas estará de regreso.

—¿Protegeréis su viaje de vuelta del mismo modo que el de ida?

Kelemen guardó un momento de silencio, como si no hubiese ni pensado en ello; pero dijo enseguida:

—Se hará si es necesario. Tenedlo por cierto.

Sin cruzar otras palabras llegaron al traspatio, donde aguardaba el caballo de Kelemen. Ya sujetando las riendas, el médico dijo:

—En nombre del conde Váltor os doy las gracias por vuestra ayuda. Quedad en paz.

—Que Dios os guarde —repuso el abad débilmente.

Josip Maros abrió el portón mientras el caballero montaba. El jinete salió con el mayor sigilo. Instantes después desaparecía camino de los bosques.

El abad regresó presuroso a las caballerizas. A pesar de las garantías de protección dadas por Kelemen, su conciencia no estaba tranquila. Se sentía responsable de exponer al muchacho a un peligro grave.

Cuando entró en los establos, la sucinta tea, alojada en un hierro del muro, aún ardía, aunque ya apenas disipaba las sombras. Entrevió la carreta dispuesta, con los caballos esperando. Se acercó. Las cajas estaban en su interior, cubiertas con mantas de viaje.

—Soy yo, Matías —dijo el abad en voz alta, pensando que el muchacho se había ocultado en algún rincón al oír pasos y no saber quién se acercaba—. Sal sin cuidado.

No hubo respuesta ni movimiento alguno. Observó el abad los diversos rincones oscuros. Nadie. Volvió entonces junto a la carreta. Apartó un poco la

27

manta áspera que cubría una de las cajas. Pensaba: «¿Cuál será su contenido, por qué ocasiona tantas cuitas y ansiedades?».

Como si de aquel modo le pudiese ser revelado el misterio que encerraba, apoyó sus dos manos sobre la caja. Notó la rugosidad de la madera. Nada más. Oyó entonces pasos cautelosos y percibió una presencia a sus espaldas. Rápidamente retiró las manos de la caja y se volvió.

Matías estaba allí, con una bolsa en las manos. Dijo:

—He ido a buscar un poco de comida. Me va a hacer falta.

En la penumbra, los ojos del muchacho sólo se adivinaban. Pero el abad percibió la obstinación que había en ellos. Comprendió que toda insinuación hecha a Matías para averiguar el contenido de las cajas sería rechazada. El muchacho se consideraba ya, por encima de todo, el guardián del cargamento. Sería imposible convencerlo.

—Ahora que estamos a solas, Matías, quiero que sepas que yo no tengo parte en esto. Tan sólo he permitido que el doctor Kelemen te hablara. Para mí, tu lugar sigue estando aquí, entre nosotros. Aún puedes negarte, si quieres, a emprender un viaje tan lleno de incertidumbres.

—Gracias, mi abad —repuso Matías, respetuoso y firme—. Pero he dado mi palabra y ella me obliga. ¿Queréis decirme algo más?

—No, nada —repuso Maros, resignado—. Ve, ya que así lo quieres, con mi bendición. Y regresa en cuanto puedas. Aquí te estaremos esperando.

El abad se quedó junto a la carreta mientras el chico ultimaba los preparativos. Tuvo en aquellos momentos, más que nunca, la sensación de que Matías era para él un desconocido, un extraño que había llegado al monasterio por un oscuro azar y que por un azar todavía más misterioso se alejaba.

Maros abrió el acceso al patio y luego el portón exterior. Cuando Matías se perdió en la distancia con la carreta, el abad tuvo la inquietante sensación de que ya nunca volvería a verlo. Se dijo: «¿Cómo podía yo negarme sin exponer el monasterio a la cólera de Váltor? Nuestra situación es enormemente frágil. Ni del rey de Hungría podemos fiarnos. Somos un bastión cristiano en una tierra llena de azares».

Cuando Maros se dirigía a su celda, el monje anciano, solícito y preocupado, se dejó ver de nuevo. El abad le dijo:

—Nada de lo que has visto debe ser comentado. Aunque no nos guste, debemos guardar secreto por deferencia al conde.

Con un parpadeo, el monje asintió. Maros dijo aún:

—Espero haber entregado al muchacho más ajeno al monasterio. Dios sabe que Matías no era de los nuestros.

El subordinado respondió del modo en que siempre lo hacía cuando el abad le confiaba sus pensamientos: con el silencio.

4

En la espesura de los bosques, no muy lejos del monasterio de Upla, Kelemen mantenía un breve diálogo con otro conjurado.

—Ese muchacho ya ha emprendido camino. Todo ha resultado muy fácil. Demasiado fácil, quizá.

—¿Qué quieres decir? —le preguntó Ianus, que era el más joven de sus adeptos—. Era lógico que el abad no se atreviese a oponer excesiva resistencia.

—Por parte del abad todo ha resultado como era de esperar. Pero el muchacho...

—¿No es adecuado?

—Excesivamente adecuado, Ianus.

—Explícate mejor.

—Al momento de oír la propuesta ya la había aceptado. Sin vacilar ni resistirse, sin pedir aclaraciones. Cuanto más lo pienso, más anormal me parece su conducta. Y, desde luego, no es el pobre campesino que dijo ser cuando llegó al monasterio. Allí pensé que la suerte nos favorecía: un chico como él podía resultar muy útil, más de lo esperado. Pero ahora, en frío, su extraña actitud me causa recelo. Sospecho que estaba en el monasterio esperando este momento.

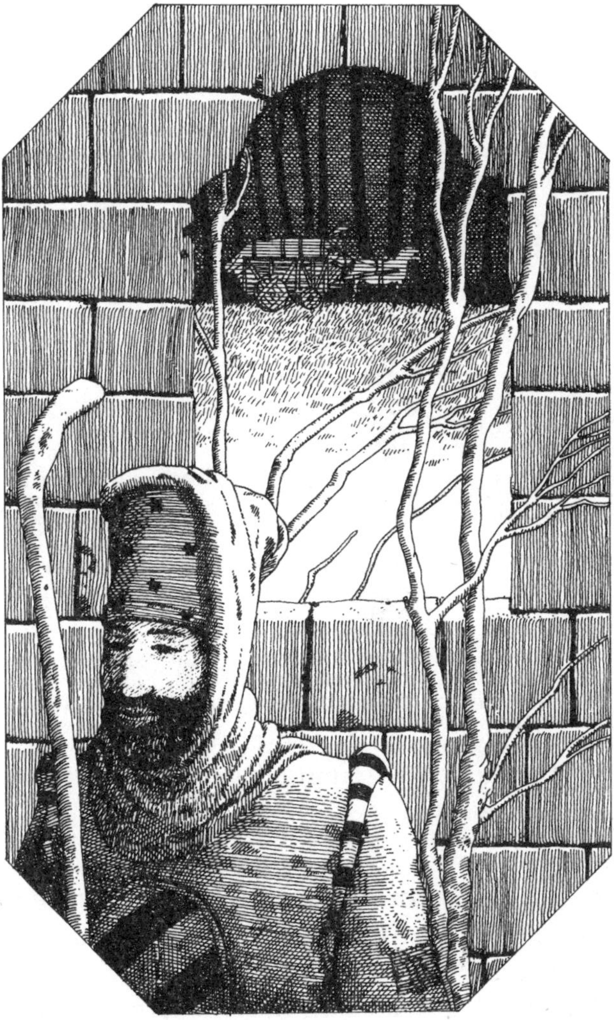

—Imposible, Kelemen. ¿Cómo podía saber lo que iba a ocurrir?

—Podía, si nuestros enemigos lo habían preparado para actuar como espía.

—¿Adónde quieres llevar tu razonamiento?

—Necesitamos saber más de él antes de dejarlo continuar. Quién sabe hasta dónde llegará.

—Podemos salirle al paso, romper el pacto y hacerle volver atrás.

—Tampoco estoy seguro de que sea conveniente.

—¿Qué propones, pues?

—Provocaremos un encuentro con él para averiguar quién es realmente y por qué ha entrado en esto de modo tan resuelto.

—Miklós puede hacerlo. Su disfraz es adecuado y sus movimientos coincidirán con la ruta de ese muchacho.

—Sí, tienes razón. Vamos a su encuentro, deprisa, antes de que se aleje demasiado.

Los dos conjurados se deslizaron con presteza hasta el lugar donde estaban sus caballos y emprendieron una veloz carrera por las penumbras de la fronda. El resplandor de la luna llena apenas atravesaba la espesura del follaje.

Agitado e incapaz de conciliar el sueño en su camastro, el abad de Upla se incorporó. Había tomado una decisión.

Se enfundó el hábito en plena oscuridad y abandonó la celda. Anduvo unos pasos y atravesó la soledad del refectorio. Las altas bóvedas, no alcanzadas por el reflejo lunar, sugerían en la penumbra un inmenso espacio. Deslizándose con sus sandalias, el abad sintió que el peso de la duda se añadía a su congoja. El insomnio había incubado su inquietud hasta hacerla madurar.

Llegado a la hospedería de residentes, se orientó hasta dar con la celda que ocupaba Maximiliano de Cracovia, el traductor que se encontraba a la sazón en el monasterio. El abad golpeó tenuemente su puerta. Enseguida se abrió. La poderosa silueta de Maximiliano apareció ante él. Un gran velón ardía en el interior de la celda.

—¿Estabais despierto? —preguntó el abad.

—Una noche de luna llena es demasiado preciosa para perderla en el sueño.

—Dejadme pasar, os lo ruego.

El caballero se hizo a un lado y el abad entró. Maximiliano cerró la puerta con cuidado, como si adivinara que era preciso mantener la visita en secreto.

—Tengo que explicarme —dijo débilmente Maros, como si una parte de su decisión lo hubiera abandonado.

—Os escucho —dijo Maximiliano, ofreciendo el catre al abad para sentarse, mientras él ocupaba un taburete que tenía el muro por respaldo.

—Graves dudas me asaltan. Necesito consejo y ayuda. Se trata de algo fuera de lo común, inesperado.

—Gracias por acudir a mí —manifestó Maximiliano.

—Me he tomado esta libertad porque vos sois, entre todos nosotros, quien mejor conoce el mundo y sus avatares.

—En la medida en que lo sea, disponed de mi persona.

—Por lo poco que conozco de vuestra vida, sé que estáis acostumbrado a recorrer tierras y países y a usar el tacto y la diplomacia. Tan preciosas cualidades me son necesarias esta noche.

A continuación, con voz pesarosa, el abad le refirió todos los pormenores de la visita de Kelemen y la designación de Matías para la extraña misión. Concluyó diciendo:

—Apremiado por las circunstancias, creí obrar rectamente al ofrecer a Matías, el menos adaptado de los jóvenes a la vida monacal. Lo que Kelemen requería, según todos los indicios, tenía que ver con las inquietudes del mundo, no con los valores del espíritu. Por ello pensé que el muchacho podía ser útil para el viaje y, puesto que estaba obligado a dar un nombre, di el suyo. Pero ahora temo, Maximiliano, haber cedido a Matías para algún fin ilícito y condenable. ¿Será verdad que la operación está auspiciada por el conde Váltor, único motivo por el cual accedí al trato? Mis dudas son cada vez mayores.

El caballero había escuchado en silencio todas las explicaciones. Creía poder adivinar el significado de la visita de Kelemen, pero no quiso hablarle de ello al abad, para no aumentar sus temores. Se limitó a decir:

—Comprendo vuestra desazón. Tuvisteis que de-

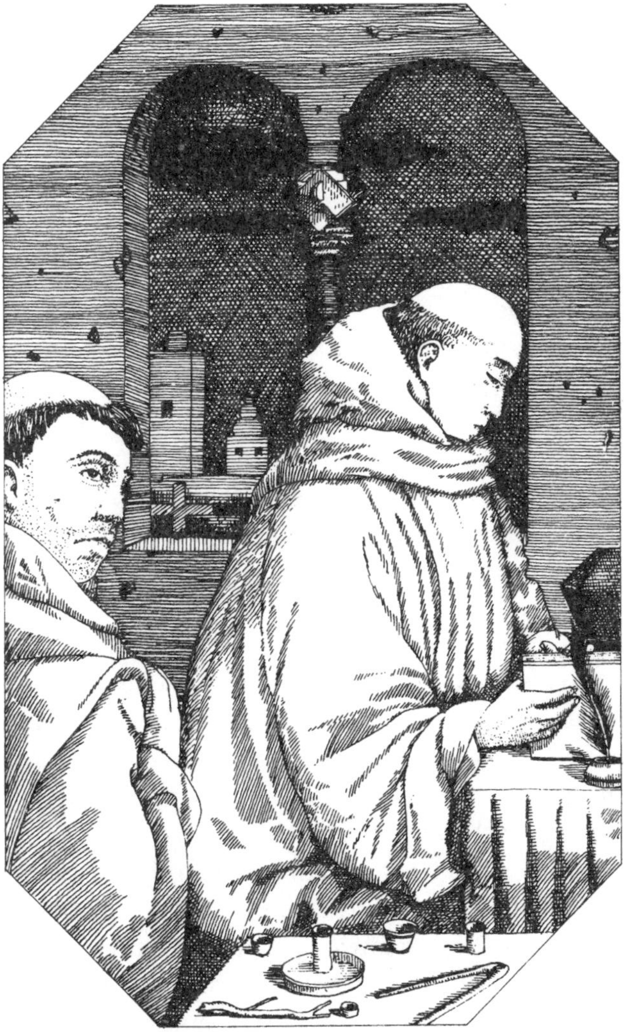

cidir en circunstancias difíciles. Y ahora, decidme, ¿qué esperáis de mí exactamente?

Tras una última indecisión, el abad murmuró:

—Me veo en la necesidad de rogaros que vayáis cuanto antes a la ciudadela del conde Váltor para darle a conocer lo ocurrido. Sólo así sabremos si todo se hizo por orden suya o si, por el contrario, su médico personal está llevando a cabo una conspiración en la que el monasterio podría verse peligrosamente mezclado.

Maximiliano se puso en pie y dijo:

—Es una medida muy acertada. De este modo sabremos la verdad y se le demostrará al conde la rectitud de vuestras intenciones. Partiré ahora mismo. Lo que habéis expuesto no admite demora.

—Confiaba en que aceptaríais. Vos ejecutaréis el cometido mejor que cualquiera de los monjes.

—¿Qué ruta tomó Matías? —quiso saber Maximiliano, preparándose ya para el viaje.

—Hacia poniente, en dirección a la cordillera de Kapela, me pareció entender. Vos hablasteis alguna vez con ese muchacho, tan huraño siempre. ¿Creéis que será capaz de llevar las misteriosas cajas a su destino?

—Entereza no parece faltarle. Pero la cuestión es otra, como vos habéis dicho.

Maximiliano concluyó pronto sus preparativos. Era un avezado viajero. Había recorrido en los últimos años universidades, abadías y monasterios, en diversos países. Estudiaba los libros custodiados en sus bibliotecas. Anotaba las quimeras de los hombres de todos los tiempos. Le interesaban de modo especial los textos que explicaban cómo las gentes de distintas épocas se habían enfrentado a los grandes misterios del universo. Rastreaba incluso entre las supersticiones de la magia, entre las incertidumbres de la astrología, entre los afanes de la alquimia, entre los rudimentos de la geomancia y en los postulados de religiones desaparecidas. Sólo despreciaba los textos claramente fraudulentos o animados por intenciones perversas o mezquinas. En los demás, contemplaba con indulgente comprensión los errores, las desviaciones, lo falsamente alucinado. Así iba trazando, como investigador infatigable, la historia de las relaciones entre los hombres y las incógnitas mayores de la vida.

En sus viajes había tratado con reyes, príncipes, nobles, obispos, abades y toda clase de iniciados y eruditos. Los encuentros no siempre resultaron fáciles o exentos de peligro. No iba a ser aquélla la primera vez que emprendiera un viaje repentino.

—Dios os bendiga, Maximiliano. Sois un verdadero amigo. Lamento apartaros de vuestros estudios por unas jornadas, pero bien comprendéis que es necesario.

—Mis estudios y lecturas pueden esperar. Son paciente labor de años.

—A vuestro regreso mi ánimo quedará confortado.

—Podéis apaciguarlo ya. El cometido está ahora en mis manos.

5

Llevando la carreta por los senderos del bosque, Matías recordaba las últimas instrucciones que a solas le había dado Kelemen: «Tu primer objetivo será alejarte del monasterio, hacia el oeste, tan deprisa como puedas. No permitas que te venza el cansancio ni descanses antes del alba y, aun entonces, el menor tiempo posible. Cuanto más lejos llegues sin detenerte, más segura estará la carga».

Había avanzado ya un buen trecho sin otro contratiempo que el atasco de las ruedas en una revuelta donde las lluvias habían reblandecido la tierra del camino. Pero maniobró con habilidad, haciendo retroceder a los caballos, y pronto salió del atolladero.

Nadie se había cruzado con él en el sendero. Iba envuelto en un silencio que sólo quebrantaban el chirriar de la carreta, los cascos de los caballos, los rumorosos silbos de la arboleda y los chillidos de los ratones que las lechuzas capturaban en el sotobosque. La luna llena estaba aún muy alta en el cielo.

Entonces desobedeció la consigna de Kelemen. Con una intención muy determinada se apartó del rumbo oeste en una bifurcación de caminos. Abandonó la ruta principal y condujo el carro por un sendero secundario, casi intransitable para la carreta.

Después se adentró en un encinar de gran espesura que apenas le dejaba paso.

Allí descendió del carro, que quedó camuflado entre los árboles, y se puso a caminar con rapidez. Descendió por una ladera poblada de algarrobos. Lanzaba frecuentes ojeadas a su alrededor para asegurarse de que nadie observaba su maniobra. Por nada del mundo habría querido encontrarse en aquellos momentos con Kelemen o ser sorprendido por alguno de sus hombres.

Desembocó en un estrecho valle. Allí se alzaban unos establos ruinosos, rodeados por un cercado. Matías saltó sin dificultad la valla y se acercó a los precarios edificios, uno de los cuales, inacabado, tenía muros a medio levantar desde hacía mucho tiempo.

Unos perros empezaron a ladrar en el interior del más pequeño de los establos. Matías se detuvo un instante. Luego prosiguió. Tres perros salieron a su encuentro. Alguien los apaciguó desde dentro con silbidos antes de preguntar:

—¿Quién anda ahí?

—Soy Matías, del monasterio de Upla —repuso, inmóvil entre los perros que lo husmeaban por todas partes, prestos a morderlo—. Tengo que hablarte.

Apareció entonces en la puerta del establo un muchacho de edad y apariencia semejantes a las de Matías, cubierto con pobres ropajes de cuidador de ganado.

—¡Matías! ¿Cómo por aquí? ¿Qué pasa?

—Te lo diré enseguida, Bernardo. Quítame los perros de encima.

El pastor emitió nuevos silbidos y sonidos guturales. Los perros depusieron su actitud agresiva y dieron tregua a Matías. Sin alejarse de él, se aprestaron a escoltarlo hasta el establo.

—Ven hacia acá —dijo el pastor—. Ya saben que eres amigo.

Matías avanzó entre los animales, que jadeaban con satisfacción por haber dado la alarma como eficaces guardianes.

—Entra. Me has despertado.
—Lo siento, pero era necesario. Ya lo verás.
—Di.
—Tengo una carreta cerca de aquí. Llevo en ella reliquias sagradas —mintió Matías—. El abad teme que pueda haber un saqueo en el monasterio.
—Mal están las cosas —dijo Bernardo, sentencioso—. Pero ¿tanto peligro hay?
—Podría haberlo. El abad me dijo que, por precaución, era urgente que llevara las reliquias a la Abadía del Mar, que es más segura. Algunas, las más valiosas, las llevo encima. Las otras están en el carro, escondidas en el doble fondo de unas cajas.
—¿Son muchas?
—Bastantes. No deben caer en manos profanas. Necesito tu ayuda.
—¿Para qué? —inquirió Bernardo.
—¿No está claro? Si un asaltante se apodera de las cajas, yo escaparé con las reliquias más valiosas, que son las que llevo encima. Así se salvará lo principal. Tú llevarás el carro por el camino y yo te seguiré andando por el bosque.
—Pero ¿hasta cuándo? La Abadía del Mar está muy lejos.
—Esta noche por lo menos. Es la más peligrosa. Si se sabe que las reliquias han salido del monaste-

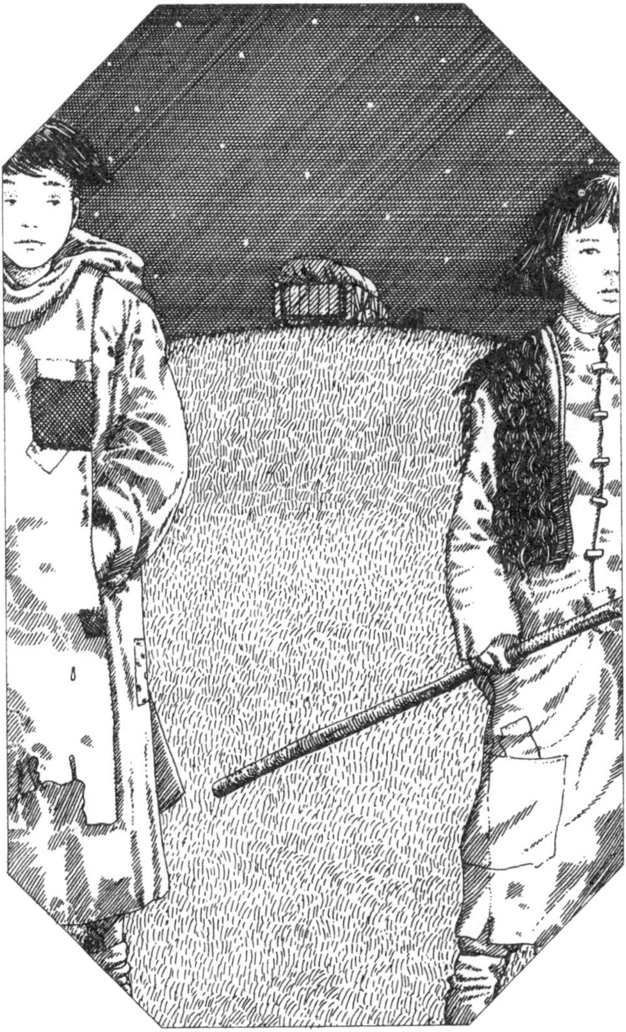

rio, intentarán robarlas en estos parajes. Más adelante todo será distinto.

Bernardo estaba asustado. No tuvo inconveniente en demostrarlo:

—Pero si alguien me sale al paso, ladrón o no, ¿qué podré hacer yo?

—Algo muy sencillo —explicó Matías, perfeccionando el engaño—: Te harás pasar por mí. Dirás que eres Matías, un interno de Upla que va a la Abadía del Mar con sus pobres cachivaches metidos en las cajas. Cuando oigan esto, no te molestarán.

—¿Cómo podré hacerme pasar por ti? Yo no sé nada de lo que hacéis en el noviciado.

—No te hará falta. No tendrás más que decir que te llamas Matías y que has estado poco tiempo en el monasterio. No hay peligro de que se den cuenta del cambio. Si te preguntan por mi vida pasada, les hablas de la tuya. No hay diferencia. Yo he sido, como tú, desde niño, un campesino. Cualquier cosa que cuentes se parecerá a lo que diría yo.

—Tú hablas raro, de otra manera. No sabré hacerlo igual.

—No podrán notar la diferencia. Fuera del monasterio no me conoce nadie. Como mucho, sabrán mi nombre, de oídas, pero no cuál es mi manera de hablar.

—¿El abad sabe que has venido a pedirme esto?

—Él me dijo que lo hiciera —siguió mintiendo Matías—. Y prometió recompensarte.

—No sé qué decirte. Así, tan de repente...

—Aún tengo que decirte algo más. Escucha.

Más tarde, la carreta se puso de nuevo en movimiento, volvió al sendero principal y continuó por la ruta de la que se había apartado. Quien conducía el tiro de caballos no era ya Matías, sino Bernardo, que había cambiado sus ropas por el hábito del novicio.

Llevaba recorrida una primera distancia sin contratiempos, cuando su convicción empezó a debilitarse. El efecto de las palabras de Matías se apagaba y, en su lugar, aparecían el temor y la incertidumbre.

Tiró de las ásperas riendas y detuvo los caballos. Miró a su alrededor, al espeso bosque, a uno y otro lado del camino. Iba a librarse del compromiso. Ya ni la recompensa le importaba. Tenía miedo.

Esperó inmóvil, pensando que Matías, al ver la carreta parada, se acercaría a preguntar qué ocurría. Aprovecharía ese momento. No se dejaría convencer de nuevo. Dejaría las riendas y se volvería andando por donde había venido. Los establos no estaban aún muy lejos.

Pasó un tiempo. Matías no apareció ni dio señal de vida. Bernardo pensó que estaba cerca, observándolo, sin querer acercarse, porque adivinaba sus intenciones. Aquella sospecha lo enojó. Puso pie en tierra y se dijo:

—Aquí le dejo la carreta y las reliquias, que ni sé lo que son. Me voy. ¡No me importa lo que él haga! ¡Como si quiere pasarse toda la noche escondido!

Estaba ya a punto de dar media vuelta y desentenderse de todo cuando vio a lo lejos, al frente, una figura que se acercaba.

—¡Al fin se ha decidido el muy bribón! Pero no le servirá de nada. Me iré de todos modos.

La figura siguió acercándose y Bernardo comprendió pronto, con un escalofrío, que no se trataba de Matías. Tuvo intención de salir corriendo, pero temió que cualquier paso en falso complicase aún más las cosas. Si el desconocido lo veía huir dejando la carreta abandonada, entraría inmediatamente en sospechas. Era más aconsejable, por el momento, disimular. Fingió estar examinando los arreos de los caballos.

—¿Tienes algún problema, muchacho? —preguntó quien resultó ser un hombre fuerte y maduro con ajadas ropas de trotamundos.

—Se había soltado una brida y la he puesto en su sitio.

—Qué raro, ¿verdad? No es un percance que ocurra a menudo. Y no es muy normal tampoco ver a un novicio en plena noche por los caminos. ¿Vienes del monasterio de Upla?

—De allí salí de anochecida, señor —repuso Bernardo, temiendo que el otro, en cualquier momento, lo amenazase con un arma—. Voy a la Abadía del Mar, donde seré acogido.

—Un cambio de aires, ¿no? —preguntó el desconocido como si no le creyera.

Bernardo estaba seguro de que faltaba poco para que aquel hombre, entre terribles risotadas, se abalanzara sobre él esgrimiendo un espadón enorme. Pero aún le quedó presencia de ánimo para preguntarle con voz quebradiza:

—Y vos, señor, ¿quién sois?

—Soy tratante de caballos y conductor de recuas. Llevo mulas y caballos de un lado a otro. Compro y vendo. Allá, junto al lindero —dijo señalando hacia atrás—, están los que traigo en este viaje. No es mercancía lo bastante valiosa como para tentar mucho a los ladrones, pero suficiente para mí, para ir tirando. Al verte aquí parado me extrañé y quise saber qué te pasaba. Si quieres tomarte un descanso, tengo allá unas morcillas y algo de vino.

Bernardo seguía desconfiando de aquel hombre, cuyas maneras amigables le parecían engañosas. Pensó de nuevo salir corriendo, pero si el desconocido disponía de caballos, como había dicho, no le serviría de nada: sólo lograría enfurecerlo y aumentar el peligro. Decidió aceptar la invitación. Luego simularía continuar y se libraría de la carreta más adelante, tanto si Matías aparecía como si no. Dijo tímidamente:

—Un trago me vendrá bien para continuar el camino. En el monasterio nunca nos dan vino.

—Vamos. Lleva el carro hasta aquel recodo y arrímalo a los árboles.

Desde la espesura, agazapado entre los zarzales, Matías había contemplado la escena. Todo discurría, pensaba, conforme a sus propósitos. Si la suerte seguía de su parte, pronto se completaría el engaño.

Poco después, una figura furtiva llegó al calvero donde Kelemen e Ianus aguardaban.

Al verlo acercarse, el médico se adelantó a recibirlo y le preguntó, sin dejar que la voz llegara lejos:

—Y bien, Miklós, ¿viste al chico?

—Puedes descartar todo cuidado. Es un muchacho despierto y capaz, pero no hay en él nada extraño. Además, como era de esperar, está muy asustado. Sin embargo, parece decidido a continuar.

—Este rato de marcha solitaria le ha bajado los humos, está claro —dijo Ianus.

Kelemen insistió:

—¿No te parecieron sus maneras impropias de un muchacho campesino?

—Todo lo contrario. Es un chico rústico y plebeyo, de lo más normal. Conozco bien a esa clase de zagales. Llevé la conversación hacia cuestiones de labranza y pastoreo y demostró conocer bien, con toda clase de detalles, las fatigas del arado, los períodos de barbecho, los cuidados que exige el ganado, los ciclos de las mieses, la asistencia a los animales de parto y las atenciones que hay que dedicar a las colmenas. Todo eso no puede haberlo aprendido de oídas. Lo conoce porque fue su vida antes de ingresar en el monasterio, estoy seguro de ello. Pero sí fue bastante hábil para sostener la falsa historia de su traslado a la Abadía del Mar. Su modo de quitarle importancia al viaje fue muy convincente. Y, en cuanto pudo, prosiguió. Creo que podrá desenvolverse como esperamos en los encuentros peligrosos.

—Tu testimonio es concluyente —dijo Kelemen—. Pero me pregunto cómo pudo ese muchacho causarme una impresión tan distinta en el monasterio.

—Allá se sentía seguro, protegido entre los muros —dijo Ianus—. Pero a la intemperie todo lo ve de otra manera. Es muy joven todavía.

—¿No lo tomarías por otro que llevaba también una carreta? —insistió Kelemen.

—Imposible. Sin que él lo notara, eché una ojeada a las cajas. Eran las nuestras. Seguro.

Con una sombra de duda en su interior, Kelemen aceptó los resultados de la indagación de Miklós. Por otra parte, ya no podía dedicar más atención a aquel asunto. La noche avanzaba y era mucho lo que tenían que hacer antes del alba. Dijo finalmente:

—Que siga adelante el muchacho y que la fortuna le sea favorable. Ya veremos hasta dónde llega y en qué estado. Vamos a desplegarnos. La calma que hemos tenido hasta ahora no va a durar mucho más.

Tras salir bien librado de su encuentro con el falso conductor de recuas, Bernardo continuó el viaje, dispuesto a ponerle fin al poco rato.

En cuanto el trazado curvo del sendero y el espesor de la arboleda lo dejaron a cubierto de posibles miradas, el pastor interrumpió la marcha y saltó a tierra para emprender el regreso.

Entonces apareció Matías junto a la carreta. Bernardo le dijo, en tono que no admitía réplica:

—Aquí te quedas con las cajas y el carro. Haz lo que te parezca. Me voy. No quiero saber nada más de todo esto —y empezó a quitarse el hábito de novicio sin esperar respuesta.

—Aguarda. Sólo una cosa: ¿qué te dijo ese hombre?

—¿Decirme? Poca cosa. No hizo más que preguntarme por mi vida, como si le importara mucho.

—¿Lo dejaste convencido?

—¿De qué?

—De que tú eres el novicio que salió al anochecer del monasterio de Upla.

—Pues claro. ¿Por qué iba a pensar otra cosa? ¿Qué sabía él de nuestro cambio? Con éste todo ha sido muy fácil. Ni se le ocurrió pensar que llevaba reliquias en el carro. Pero con otros que aparezcan más adelante la cosa puede ir mucho peor. Matías, lo siento: no quiero jugármela.

—Estás en tu derecho. No puedo obligarte. Pero vuelve a los establos por el otro camino. Que no te vea nadie. Es muy importante.

—Lo procuraré, por la cuenta que me tiene.

—Y si alguien te sale al paso y te pregunta, recuerda: nunca has visto la carreta y nada sabes de este viaje.

—Ya no me acuerdo de nada. Adiós. Ya me dirás cómo te ha ido.

Bernardo se alejó, aliviado al verse por fin libre de un compromiso tan peligroso y extraño. Matías se puso nuevamente el hábito monacal, ocupó su lugar en la carreta y tomó las riendas. Sonreía de modo enigmático cuando reanudó la marcha. El traqueteo del carro no alteró la expresión de su cara. Parecía una máscara.

6

Maximiliano de Cracovia sólo cabalgó un primer y corto trecho en dirección a la ciudadela del conde Váltor. Lo hizo por si el abad lo veía alejarse desde alguno de los ventanales. Pero tan pronto como se supo a cubierto de toda mirada procedente del monasterio, cambió el sentido de su marcha. Hizo virar en oblicuo a su caballo y lo lanzó hacia el oeste.

No tenía la menor intención de cumplir el encargo de Josip Maros. En ningún momento la había tenido. No necesitaba ir a preguntarle al conde si había ordenado la secreta misión de Kelemen. Maximiliano estaba seguro de que la desconocía. El médico estaba actuando a sus espaldas.

Mientras cabalgaba con la mirada fija en el terreno para sortear cualquier obstáculo que la claridad lunar le revelara, iba recordando el último de los breves diálogos que había tenido con Matías en el monasterio. Ahora le parecía muy significativo. Movido por el aspecto retraído y misterioso que siempre tenía el muchacho, le había dicho:

—Pareces muy ajeno a todo esto. No te veo convertido en monje un día.

A lo que Matías había respondido, mirándole con firmeza:

—Poco tiempo espero estar aquí. No necesito integrarme.

—¿Tan seguro estás? ¿Qué esperas: volver a la labranza, a la miseria?

Matías había sonreído con desdén, como si nunca hubiese tenido verdadera relación con las labores campesinas. Pero, sin referirse a ello claramente, había dicho:

—Hay otras cosas en la vida.

Y no había podido sacarle más. Pero el muchacho parecía confiar en que una suerte especial cambiaría su destino.

Maximiliano había pensado aquel día que Matías alimentaba quimeras de muchacho que el tiempo se encargaría de apagar. Pero, tras lo sucedido, aquellas ideas vanas podían hacerle correr un gran peligro. Parecía claro que el chico había aceptado sin vacilar la proposición de Kelemen porque vio en ella la oportunidad que presentía, una gran aventura que podía cambiar el curso de su vida. Llevado por sus secretas esperanzas, ni siquiera había sospechado que Kelemen y sus aliados estaban empeñados en una acción desesperada que podía hacerle correr los riesgos más graves.

Maximiliano abandonó súbitamente sus pensamientos al ver que, a cierta distancia, en una hondonada iluminada por la luna, dos jinetes avanzaban. Al momento frenó el caballo y lo mantuvo quieto. El modo furtivo en que los dos hombres miraban de vez en cuando a su alrededor y a sus espaldas le convenció de que no eran viajeros casuales. Dedujo que formaban parte de una oscura trama que empezaba a desarrollarse. Siguió observándolos, amparado por la espesa arboleda, desde la loma donde se encontraba, hasta que desaparecieron en un bosquecillo que nacía al extremo de la hondonada.

A pesar de su deseo de cubrir cuanto antes la delantera que Matías le había tomado, decidió emplear unos minutos en seguir a los jinetes. Tenía la sensación de que iban a un lugar cercano.

Amarró el caballo a un tronco y se deslizó loma abajo. Dando un rodeo y evitando los claros y las zonas despejadas, se acercó a la fronda que se había tragado a los dos hombres.

Pronto el aire le llevó rumor de voces. Extremó sus precauciones y siguió el rastro que las voces le indicaban. El musgo silenciaba su avance.

Los vio enseguida. Eran más de diez los congregados. Junto a ellos había un grupo de caballos. Los conspiradores hablaban con cierto cuidado, pero se les notaba convencidos de que nadie oiría sus palabras.

Maximiliano se pegó al suelo y reptó acercándose lo necesario para que las voces le llegaran claras. Alguien estaba diciendo:

—La huida de Kelemen demuestra que tiene en su poder lo que buscamos.

Luego otras voces continuaron:

—Yo vi a Miklós antes del atardecer: iba disfrazado. Llevaba una recua de caballos.

—Para repartirlos a sus cómplices, claro.

—Seguro que esta noche intentarán llevarse los resultados del prodigio y la levadura universal en dirección al mar, que es su mejor escapatoria.

—Antes de una jornada podemos tener la costa sometida a vigilancia.

—No podemos confiar en detenerlos en la costa —terció la primera voz que Maximiliano había oído, la más autoritaria—. El litoral es demasiado extenso. Hay muchos lugares donde podrían hacerse a la mar. Necesitamos interceptarlos antes, en los bosques. Es nuestra baza más segura.

—¿Se habrán repartido la carga o la llevará toda uno de ellos?

—No sabemos qué cantidad de material obtuvo Kelemen, pero tanto puede ser que lo lleve todo uno solo como que varios huyan con una parte. Nuestro objetivo es el mismo en cualquier caso: darles caza a todos. Sólo así podremos estar seguros de que nada se nos escapa. Ellos aún no saben que les vamos a la zaga. Ésta es nuestra gran ventaja. No descubrirán que conocemos su maniobra hasta que caigan en nuestras manos.

La voz que parecía tener el mando dijo por último:

—Nada queda por tratar. Ya sabéis qué hacer si alguno de vosotros captura la carga o cualquiera de sus partes. En marcha. Los caballeros del barón Gabor se unirán a nosotros en la encrucijada del Diablo.

A los pocos momentos, los conspiradores montaron en sus caballos. Maximiliano se pegó a los matorrales para mejor camuflarse. El nombre del barón Gabor había confirmado sus sospechas. Aquella facción de hombres pertenecía a la nobleza enfrentada al conde Váltor. Sin duda esperaban que el contenido de las cajas los dotara de poder para derribar al conde y negociar directamente con el rey de Hungría, soberano de Croacia.

Matías estaba corriendo un peligro muy grave, ya no había duda.

Maximiliano esperó inmóvil mientras los jinetes se alejaban. Después, seguro ya de estar solo en el paraje, volvió a la loma donde había dejado su caballo.

Encontrar cuanto antes a Matías se había convertido en una necesidad inaplazable.

7

El camino, tortuoso y accidentado, tenía zonas en sombra que escapaban al poder del plenilunio. Sin embargo, el trote de los percherones, acostumbrados a rutas llenas de dificultades, era más que aceptable. No daban muestras de cansancio.

Aún quedaba mucha noche por delante. Matías se sabía expuesto a posibles encuentros con salteadores o asesinos, pero confiaba en la protección que Kelemen le había anunciado. Además, el éxito de la estratagema llevada a cabo con la ayuda de Bernardo había aumentado su confianza. Pensaba que la astucia le ayudaría a sortear pruebas y asechanzas sin necesidad de que sus protectores, a los que imaginaba ahora próximos y vigilantes, delataran su presencia.

Sin embargo, cuando avistó en la distancia una columna de figuras vacilantes que portaban antorchas y entonaban extraños cánticos, se asustó. Tuvo que repetirse que del valor que demostrara dependía un posible gran cambio en su destino y en su vida.

Cuando los tuvo más cerca y distinguió las calaveras de animales que portaban en varas de madera, dedujo que aquellos estrafalarios individuos eran caminantes de la muerte. Había oído hablar de ellos. Se trataba de grupos de aldeanos aislados que aún practicaban una antigua superstición, casi extinguida. Organizaban procesiones nocturnas. Llevaban toda clase de objetos y símbolos relacionados con la muerte, pensando que así la alejaban de sus casas, de sus familias y de sí mismos.

Por lo que Matías sabía, no eran gentes peligrosas, sino más bien hombres miserables y fanatizados que trataban de conjurar el miedo con sus ritos patéticos. Pero se puso tenso y en guardia, pues no sabía si aquellos atuendos y cráneos eran, en realidad, disfraces.

Un viejo desdentado que marchaba en cabeza de la grotesca comitiva esgrimiendo una calavera de buey insertada en un palo largo le hizo señas de que se parara. Matías obedeció, contando rápidamente a los caminantes. Eran catorce.

El viejo le espetó:

—¿Tú no temes a la muerte, desdichado? En cualquier momento puede alcanzarte si no haces nada por mantenerla alejada.

Sin decir palabra, Matías se quitó la caperuza del hábito y la dejó caer sobre su espalda. Los extraños individuos se acercaron para verle la cara. El más viejo siguió hablando con voz tenebrosa:

—¿Crees que por ser tan joven no tienes que temerla? ¡Te equivocas! Los niños y los jóvenes mueren como todos, aunque no haya epidemia.

Un segundo caminante, acercándose más, le dijo, amenazador:

—¿Crees que tus ropas de novicio te protegen? ¡Insensato! ¡La muerte no se fija en los hábitos!

Esforzándose por parecer menos asustado de lo que estaba, Matías dijo:

—¿Qué queréis de mí? Dejad que siga mi camino.

Un tercer caminante dijo, groseramente:

—Un novicio tierno nos iría de maravilla para el conjuro de esta noche.

—¿Qué llevas ahí? —preguntó un cuarto asomándose al interior de la carrera—. ¿Provisiones?

—Nada que os pueda interesar —replicó Matías—. Son mis cosas. Voy a la Abadía del Mar. Es un traslado dispuesto por el abad de Upla. Tengo un documento que lo atestigua.

—La Abadía del Mar está lejos —insistió el caminante—. ¿No llevas vituallas?

—Apenas nada. Sé buscar alimento en los bosques.

Matías advirtió que aquellos individuos lanzaban frecuentes ojeadas a la espesura, como si temieran que su asedio fuese presenciado por ojos hostiles. El muchacho decidió aprovechar la circunstancia. Les dijo:

—Apartaos. No voy solo en este viaje. Caballeros armados protegen mi marcha. Siempre están cerca de mí. Intervienen cuando es necesario.

Los hombres retrocedieron algunos pasos. Sus miradas recelosas se multiplicaron.

—¿Habéis oído? ¡El mocoso dice que una guardia armada lo protege! ¿Desde cuándo los novicios viajan escoltados? ¡No creáis una palabra!

Matías, al ver que los caminantes de la muerte tenían miedo a pesar de las exhortaciones del viejo, cobró nuevo valor e insistió:

—Haced la prueba: al menor gesto para tocarme, a la menor acción de subir a la carreta, los caballeros caerán sobre vosotros.

—¡No le hagáis caso! —clamó el cabecilla de los caminantes—. Es una bravuconada de mozuelo. Podemos hacer con él lo que queramos.

Pero sus secuaces dudaban. Miraban recelosos al bosque como si temiesen que en él se ocultara un ejército de hombres armados. Matías decidió aprovechar su desconcierto para ponerse en marcha. Maniobró con las riendas, y los caballos reemprendieron su camino. Su acción sorprendió a los caminantes, que, incapaces de reaccionar, quedaron rezagados.

Enseguida, sin embargo, el viejo cabecilla vociferó:

—Si esos hombres armados no han aparecido ya, ¿a qué esperan? Ya les hemos dado motivo bastante. No lo han hecho porque no están, porque no existen. El pobre diablo va solo, tan solo como nunca lo estuvo en la vida. Hasta es posible que se haya fugado de Upla. ¡Vamos a ver qué lleva en la carreta y por qué teme tanto que lo veamos! En los monasterios hay cosas de valor. ¿Y si se hubiera llevado unas cuantas?

Aquellas palabras despertaron la codicia de los desharrapados. Clavaron en tierra sus calaveras y pendones y corrieron tras la carreta. Matías, dándose cuenta de que lo perseguían, usó por vez primera el látigo. Pero los caminantes de la muerte corrían muy ligeros y atajaban por el bosque. Comprendió que le alcanzarían sin remedio.

Al poco tiempo, uno de ellos, montándose en marcha, se introdujo en la parte posterior de la carreta, mientras otros, entre gritos e imprecaciones, trataban de frenar los caballos.

Entonces silbaron los cuchillos en el aire. Matías oyó el chillido de uno de los caminantes. Tenía una daga clavada en el brazo. Sus aullidos de dolor espantaron a sus secuaces. Los caballos se vieron libres de las manos que trataban de aferrarlos.

Aparecieron tres jinetes con sus hierros desenvainados. La horda de la muerte se dispersó presa de pánico. Dos de los montados persiguieron por algún tiempo a los fugitivos con desganada saña mientras el tercero, acercándose a Matías, que de nuevo había detenido la carreta, observó sus vestiduras de novicio, y le dijo:

—No nos gusta que esos locos molesten a la gente. Bastante hacemos con tolerar sus penosas comitivas, pero no podemos consentir que se conviertan en ladrones.

Mientras observaba el uniforme del jinete, propio de un rango especial que él no conocía, Matías, aún impresionado por la rapidez de los hechos, dijo:

—Gracias por la ayuda. ¿Quiénes sois? No reconozco vuestra indumentaria.

—Somos recaudadores de tributos del rey de Hungría. Y tú, chico, ¿quién eres?

Matías expuso a continuación la falsa historia del

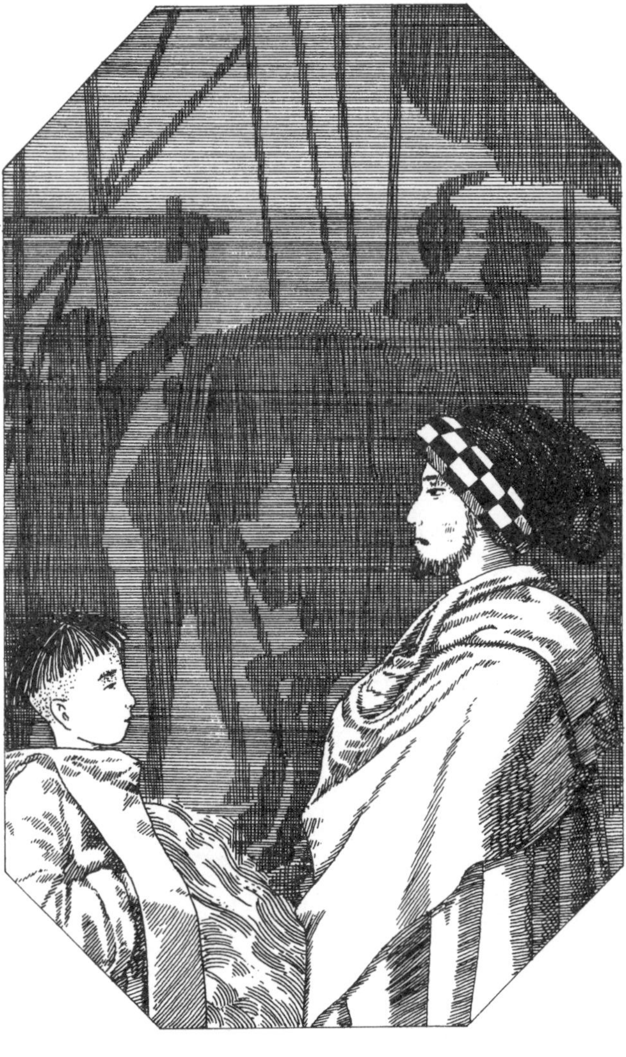

traslado de Upla a la Abadía del Mar, mostrando el documento del abad, mientras los otros dos caballeros, después de haber puesto en fuga a los caminantes de la muerte, se reunían con ellos junto a la carreta.

Concluida la explicación, el jinete que había hablado, sin demostrar si había creído o no la historia ofrecida por el muchacho, dijo:

—En tal caso, una vez que hayamos revisado la mercancía que llevas, podrás continuar tu viaje.

Matías había comprendido que el peligro que aquellos tres hombres representaban era aún mayor que el de los grotescos caminantes. Los que decían ser recaudadores de tributos eran, a juzgar por su aspecto, hombres de armas curtidos en incontables escaramuzas. Imposible escapar de ellos o engañarlos con astucias.

—Procedamos cuanto antes —dijo el jinete principal—. Ya llevamos demasiado retraso.

Los otros dos descabalgaron sin decir palabra e introdujeron sus brazos en la parte posterior de la carreta.

Las tres cajas aparecieron al ser retiradas las mantas que las cubrían. Matías miraba de soslayo a la espesura confiando en recibir ayuda de Kelemen o de los hombres del conde Váltor.

8

Dos hombres, que dijeron ser mercaderes croatas al servicio de una familia húngara de noble linaje, habían concertado el día anterior, con gran urgencia, un viaje especial con el capitán de una pequeña nave veneciana que estaba anclada en el puerto de Pula, en la península de Istria. Era la única del puerto que se hallaba en disposición de hacerse a la mar de modo inmediato.

Las explicaciones de los mercaderes croatas habían sido vagas. Se trataba de recoger, dos noches más tarde, a un inconcreto número de viajeros, acompañados de escasos bagajes, en la costa de Croacia, para seguir luego viaje al sur con destino a una de las islas del archipiélago dálmata.

Marco Treviso, el capitán de la nave, estipuló un precio muy alto dada la urgencia del caso, aduciendo que su gran experiencia como navegante del Adriático lo convertía en patrón ideal para aquella empresa náutica. Los dos hombres no discutieron el abusivo precio y entregaron la mitad por adelantado, insistiendo sólo en que se ultimaran con rapidez los preparativos necesarios para zarpar.

Dos horas más tarde, la nave, de nombre *Escitia*, se hizo a la mar con sus ocho tripulantes, el capitán y los dos mercaderes.

La primera parte de la singladura, con los vientos a favor, transcurrió sin la menor incidencia y sin nuevos diálogos entre Treviso y los dos croatas. Sin embargo, después de la entrada de la noche, el veneciano se aproximó al costado de cubierta donde estaban los mercaderes. El tono amenazador que empleó al hablarles sonó muy distinto del que había utilizado en tierra al concertar la expedición. Sin preámbulos, les dijo:

—Ya va siendo hora, caballeros, de que me digan con claridad a qué personajes vamos a embarcar, cuántos serán y cuál será la mercancía que con ellos subirá a bordo.

Los croatas ya habían supuesto que Treviso, hombre que no les gustaba, pero al que habían contratado por pura necesidad, trataría de averiguar algo más de lo que le habían dicho en el puerto. Pero no esperaban una interpelación tan directa y temprana. Sin embargo, el mayor de ellos, Itsván, rehaciéndose con rapidez de la sorpresa, repuso:

—Nosotros no lo sabemos con exactitud. Somos tan sólo unos comisionados. Nuestra tarea estará cumplida cuando se haya producido el embarque.

—¡Vaya contrariedad! —dijo el veneciano con un tono burlón que no dejaba lugar a dudas—. Las leyes venecianas son claras: ninguna nave amparada bajo el pabellón de San Marcos podrá aceptar pasajeros o mercancías cuya identidad y contenido no estén debidamente especificados de antemano.

Aun comprendiendo que Treviso había actuado desde el primer momento como un astuto calculador, Imré, el otro croata, opuso:

—¿Por qué no nos advertisteis de ello en tierra?
Con cierta sorna, el veneciano protestó:
—¿Cómo iba yo a suponer que sus excelencias comprometían este viaje sin saber qué se traían entre manos? Nunca he visto cosa igual.

A poca distancia, dos marineros permanecían a la expectativa para reforzar la presión intimidatoria que ejercía el capitán, quien continuó diciendo, ante el silencio indignado de los croatas:

—No puedo comprometer la licencia de navegación de la *Escitia* admitiendo a bordo fugitivos o carga ilegal.

Para que Treviso acabara de mostrar su juego y sus intenciones, Itsván argumentó:

—Ningún riesgo correréis en este viaje, fuera de los propios de toda expedición por mar. Las personas que embarcaremos son hombres de honor, caballeros húngaros, que ningún delito han cometido. Y la ligera carga que quizá los acompañe consistirá, por lo que sabemos, en símbolos y objetos de linaje, de reducido valor material, aunque llenos de significación emotiva para esos caballeros.

Treviso le miró como preguntándole si no podía inventar algo más convincente, y dijo luego:

—¿Y por qué, entonces, tienen tanta prisa por hacerse a la mar en plena noche, como prófugos, con esos... objetos de linaje?

—Tenemos conocimiento de que desean salvarlos de una pugna interna entre dos clanes de la nobleza. Se trata de una disputa privada que en nada os concierne a vos ni a nosotros mismos.

El veneciano no les dio ocasión para mejorar la

exposición de sus argumentos. De modo contundente, sabedor de que tenía cogidos a los croatas y era dueño de la situación, estableció:

—Vuestras explicaciones aún han hecho más confusa la cuestión. Por tanto, en cumplimiento de las leyes venecianas, será examinado con la mayor atención todo objeto que llegue a bordo, y los pasajeros serán embarcados de uno en uno, desarmados y reducidos hasta que presten declaración y pueda saberse la verdad acerca de sus personas. Si nada resulta sospechoso, el viaje proseguirá según lo acordado.

Marco Treviso dio media vuelta y se apartó de los croatas sin esperar respuesta. Los dos permanecieron un tiempo en silencio. Luego, Itsván le dijo a Imré:

—Kelemen ya nos advirtió que si se despertaba la codicia de los marineros tendríamos dificultades.

—Sí, el riesgo existía, aunque estaba justificado por la urgencia de la operación —respondió su compañero—. Pero nunca habría imaginado que llegaría a tal grado. Este hombre está dispuesto a lo que sea para obtener un beneficio aún mayor. No se detendrá ante nada.

—La situación se agrava, es cierto, pero no mucho más de lo que ya lo estaba. En primer lugar, aún no sabemos si alguno de los nuestros conseguirá llegar a la costa con el precioso cargamento. Esto va a ser lo más difícil. Ahora mismo debe de estarse librando la gran batalla de camuflajes y engaños en los bosques. Si nuestros amigos logran salir adelante, ya veremos el modo de confundir a los venecianos. Nada podemos hacer por el momento. Sólo favorecer con nuestro silencio sus ideas. La esperanza de un botín los estimulará para llegar a tiempo al lugar del embarque. Y eso es lo que hará posible el salvamento de Kelemen y de los que lo acompañen.

Maximiliano de Cracovia cabalgaba a galope tendido abrazado al cuello de su montura para evitar que las ramas bajas, muy abundantes en la zona de bosque que atravesaba, lo golpearan y derribaran.
Confiaba en que su carrera a rienda suelta le permitiría alcanzar a Matías antes del amanecer. Su intención era hablar con el muchacho para hacerle ver el enorme peligro a que se exponía. Salvada aquella cuestión, que era la primordial, Maximiliano estaba también interesado en encontrar a Kelemen o a alguno de los otros alquimistas y ofrecerles su ayuda personal, una vez Matías hubiera quedado a salvo de la inmensa trampa que era el bosque aquella noche.
Súbitamente, con un relincho desesperado, su caballo cayó al enredarse las patas en un invisible obstáculo. Maximiliano salió despedido hacia delante y cayó en tierra, dándose un golpe muy doloroso, aunque ello le libró de ser aplastado por el cuerpo del caballo.
Dos gruesas cuerdas habían sido tendidas, a modo de trampa, a baja altura, entre dos troncos de encina. Maximiliano, casi inconsciente, pensó que su viaje había acabado cuando no hacía más que comenzar. Nunca vería a Matías, no podría darle alcance. El muchacho quedaría expuesto sin remedio a los rigores de un juego mortal por el que avanzaba casi a ciegas.

Varios soldados salieron de entre los árboles. Llevaban las insignias del conde Váltor. Dos de ellos se abalanzaron sobre Maximiliano, le dieron la vuelta para que su rostro quedara iluminado por la luna y lo registraron a fondo.

—No es ninguno de los alquimistas —dijo una voz con decepción.

Otra, más áspera, preguntó desde una cierta distancia:

—¿Quién demonios es, pues, cabalgando como una furia en plena noche? ¿De qué huye el condenado?

Como un eco de aquella voz de mando, uno de los soldados que estaban junto a Maximiliano le espetó:

—¿Has oído, no? ¡Explícate!

Con la voz ahogada por el fuerte dolor que la caída le había dejado en la espalda, proclamó:

—Mi nombre es Maximiliano de Cracovia. Soy traductor del árabe, del latín, del griego y de la lengua germana, y estudioso e investigador en bibliotecas de monasterios y universidades. ¿Puedo preguntar ahora por qué se me ha tendido esta emboscada sin existir motivo ni haber mediado provocación por mi parte?

—¡No tienes derecho a preguntar! —profirió el soldado—. Continúa explicándote. ¿Por qué un husmeador de bibliotecas cabalga como un fugitivo culpable?

—Anoche llegué a un punto crucial en mis estudios. Me quedé atascado, no podía continuar.

—¿Y por eso saliste huyendo? —preguntó el soldado, rematando sus palabras con una risotada.

—Sólo podré con la ayuda de ciertos volúmenes que están en la Abadía del Mar. Me es urgente hacerlo. La pasión del erudito, en ocasiones, no admite espera.

Por un breve murmullo Maximiliano comprendió, como esperaba, que los soldados consideraban ridícula la causa. El que le había formulado las preguntas consultó en voz alta:

—¿Qué hacemos con él?

Dijo la voz áspera:

—Si no es uno de los alquimistas, que se vaya adonde quiera.

—Ya lo has oído —remachó el soldado—. Sigue cabalgando de ese modo y pronto una rama te arrancará la cabeza de cuajo.

Maximiliano se incorporó trabajosamente. Cada movimiento iba acompañado por un dolor punzante, pero consiguió ponerse en pie entre la indiferencia de los soldados. Su caballo se había levantado por sí mismo. Estaba aún excitado, pero parecía indemne. Examinó sus patas, le obligó suavemente a doblarlas. El animal lo hizo sin quejarse. Podrían continuar.

Mientras recomponía los arreos de su montura, que también habían sido registrados, Maximiliano reflexionaba: «Váltor ha ordenado la persecución de Kelemen y sus adeptos. Otro bando en liza. Y otro peligro que se cierne sobre Matías. Las tres cajas son también el gran objetivo para el conde. Tanta ambición puede provocar una matanza».

9

MIKLÓS era el más destacado de los seguidores de Kelemen. Había participado en los experimentos del laboratorio instalado en la ciudadela de Váltor. El conde había auspiciado las investigaciones, convencido de que su médico iba a obtener para él, gracias a sus secretos conocimientos de la alquimia, una panacea universal que le liberaría de las enfermedades. Pero las intenciones de Kelemen y Miklós, y de los restantes alquimistas de Hungría que con ellos se relacionaban, eran muy distintas.

Miklós le iba a ser muy necesario a Kelemen cuando llegaran a las islas del archipiélago de Dalmacia. Así, en el vasto y complejo plan trazado, era el único que no iba a participar en maniobras distractivas ni de protección. Cumplido su improvisado encuentro con Bernardo, su única misión consistía en preservarse a sí mismo, olvidado de otros objetivos, para llegar a salvo al mar en la noche del siguiente día.

Avanzaba en solitario, por la zona boscosa considerada de menor riesgo, por delante de todos, en uno de los vértices de la compleja malla de movimientos que estaban haciendo sus aliados.

Se alarmó mucho cuando, de pronto, percibió que no estaba solo en la espesura. Pensó entonces, angustiado: «Hemos calculado mal nuestra ventaja. Alguno de los bandos que ambicionan el polvo alquímico ocupa posiciones más avanzadas de lo que pensábamos».

Oyó el rumor de los aceros al ser desenvainados. Se lanzó entonces a un galope desesperado, con riesgo de estrellarse contra algún árbol. Pensó que ya no lograría embarcar rumbo al sur con las tres cajas. El bosque le pareció de pronto más oscuro y la luna más distante.

Otros caballos golpeaban el musgoso suelo a sus espaldas. Los sentía cada vez más cercanos. Como si aquello pudiera ayudarlo, se abrazó al cuello de su montura y mordió las crines ásperas. Algunas se llevó en los dientes cuando rodó por el aire. El caballo había caído, atravesado por dos lanzas.

Se oyeron las voces broncas, contenidas hasta entonces, y los gritos de euforia de los perseguidores. Pies enfundados en hierro oprimieron sus miembros como si quisieran hundirlo en la tierra. Bramó una voz:

—Mirad si lleva encima una parte de la materia transmutadora. Registrad también los arneses del caballo y desclavadle los cascos. ¡Todo puede ser un escondrijo!

Cuchillos rápidos rasgaron sus vestiduras buscando una bolsa oculta, una pequeña caja o cualquier otro receptáculo que pudiera contener polvo alquímico.

Al resultar infructuosos los registros, la voz sonó de nuevo:

—¡Alquimista! ¿Dónde está la materia preciosa que convierte los metales en oro? ¿Quiénes la llevan? ¿Por dónde avanzan? ¡Responde, si aprecias la vida!

Con la cara hundida en el musgo a causa de la presión con que lo apretaban a tierra, Miklós respondió:

—Nadie ha obtenido aún esa materia.

—Tenemos espías suficientes en el castillo de Váltor. Sabemos que Kelemen la obtuvo en sus hornos. ¡Y estabas tú presente!

—Kelemen y yo hicimos muchas pruebas, pero no alcanzamos el gran resultado.

—Con vuestra conducta estáis demostrando lo contrario. ¿Por qué Kelemen destruyó hace tres días todos los utensilios del laboratorio, quemó sus legajos y anotaciones y desapareció del castillo, perdiendo así su cargo como médico personal de Váltor? ¿Por qué mandasteis aves mensajeras a todos los alquimistas de Hungría para inducirlos a un abandono general de sus puestos, tan misterioso como el vuestro? La respuesta es clara: ¡llegasteis a la obtención de la levadura que convierte cualquier metal en oro puro y ahora pretendéis huir con ella!

—En el caso de ser eso cierto, la obtención de oro sería un logro secundario —explicó Miklós, ladeando la cabeza para que al hablar no le entrara tierra en la boca—. El verdadero fin de la alquimia, el arte magna, es la transformación del ser humano hacia la fusión plena con lo espiritual, lo místico, lo invisible, tanto en la naturaleza como en el propio ser del iniciado.

—Si el bien alcanzado fuese tan vaporoso como quieres hacernos creer, no habríais emprendido esta huida a la desesperada. Para ocultar un secreto místico no es necesario convertirse en fugitivo. ¡Tu falsedad se descubre por sí misma!

En aquel instante se oyeron nuevos caballos acercándose. Miklós concibió una débil esperanza. Algunos de los pies de acero que lo oprimían dejaron de hacerlo. Luego oyó pisadas. Aquellos hombres se desplegaban en alerta por los alrededores.

Pronto una voz dijo:

—Perded cuidado. Es el maestro de armas del barón Gabor y dos de sus criados.

El primero de los aludidos informó:

—No hay novedad. Interceptamos un carro conducido por un chico de Upla. Los caminantes de la muerte estaban a punto de desvalijarlo. Lo registramos a conciencia.

—¿Con qué resultado? —inquirió la voz que había estado interrogando a Miklós.

—Nada. Llevaba tres cajas de madera, lo que nos llamó enseguida la atención. Dijo que eran sus pertenencias. Resultó ser cierto. Desarmamos las cajas por completo: hábitos, pliegos de oraciones, cacharros. Verificamos también si la carreta contenía algún camuflaje. Imposible, era muy rudimentaria. Finalmente lo registramos a él. También sin resultado.

—¿Siguió adelante?

—Lo dejamos sin sentido para actuar con mayor rapidez y sin estorbos. Es posible que lo haga cuando vuelva en sí. Pero ya poco nos importa: no tiene lo que buscamos.

—Nosotros hemos capturado a Miklós, el ayudante de Kelemen.

—¡Esto es más interesante!

—Lo estábamos interrogando.

—Continuad.

Miklós oyó de nuevo aquella voz cerca de sí.

—Tenemos gente que sabe atormentar con crueldad, sin causar la muerte. Si hablas ahora te evitarás muchos sufrimientos. ¡Te escuchamos!

—Nos vamos de Croacia porque ya no es tierra segura. La amenaza de los turcos se hace sentir cada vez más.

—¡Están lejos aún! Semejante precaución no justifica vuestras prisas. ¿Sientes curiosidad por sentir el dolor en sus grados más atroces? ¡Vamos a satisfacértela!

—Perderéis el tiempo dándome tormento. Si tanta convicción tenéis de que alguno de nosotros lleva algo codiciable, capturadnos uno a uno y os convenceréis de lo contrario. Yo no tengo nada más que ofrecer que mis palabras.

—El hombre que está junto a mí obtuvo justa fama de ser el más temible de los torturadores eslavos. Contigo sabrá ahora hacer honor a su prestigio.

Miklós se estremeció. Aquel individuo no amenazaba en vano. Temió ser débil para los rigores de la tortura. Estaba habituado a cientos de batallas de laboratorio en pos de descubrir lo desconocido de la naturaleza y la esencia humana. Pero el dolor físico lo aterraba.

Acuciado por el miedo, concibió una estratagema para demorar la aplicación del suplicio y confundir a los esbirros que lo habían capturado. Anunció:

—No será necesario que vuestros hierros se ensañen en mi carne. Fibra de mártir no tengo. Pero sólo hablaré a cambio de la libertad sin condiciones.

—Primero, habla. Después, pide.

—¿Cómo sabré que se respetará mi petición?

—Lo sabrás luego. Vamos: ¿quiénes tienen en su poder el oro alquímico y el fermento que transmuta los metales?

—Nadie lo tiene. Está.

—¿Dónde?

—Los movimientos de esta noche fueron concebidos por Kelemen, mi maestro, para enmascarar la verdad.

—¿Cuál es?

—El polvo alquímico está aún muy cerca del lugar donde fue obtenido.

—¿Cerca de la ciudadela del conde?

—Sí. De allí lo sacamos, en tres cajas, la penúltima noche. Para evitar que nos fueran arrebatadas en ruta, las enterramos en el monte de Bark, con la intención de recuperarlas cuando hubiese corrido la voz de que ya no estaban en Croacia. La gran agitación de estos días está destinada a hacer creer que alguno de nosotros logrará hacerse a la mar con las tres cajas. Pero, en realidad, todavía están donde he dicho.

—¿Estás diciendo la verdad, alquimista?

—Es lo único que tengo para negociar.

—¿Por qué escapabas en dirección al mar?

—Esta noche yo era uno más de los peones destinados a dispersar vuestra atención y la de los soldados de Váltor, con el propósito que he expuesto.

—No sabemos si mientes. Se comprobará. Y si nos estás engañando, maldecirás el día en que naciste. Cuatro de nuestros hombres te conducirán al monte de Bark. Les mostrarás el lugar donde dices que están ocultas las cajas. Si resulta no ser cierto, conocerás una eternidad de sufrimientos. ¿Te reafirmas en lo dicho?

—Palabra por palabra. Otra opción no tengo.

—Ni la tendrás. Nuestros tres falsos recaudadores de tributos y el verdugo eslavo serán tu *séquito* hasta Bark. Los demás continuaremos con las capturas. ¿O acaso pensabas que correríamos todos al monte de Bark, dejándoles a tus amigos el campo libre? Ni soñarlo. Por última vez: ¿sostienes tus revelaciones, que, de ser falsas, te costarán tormentos inacabables?

—Las sostengo porque son la única verdad.

Cuando Matías volvió en sí creyó que estaba en su jergón del dormitorio de novicios. Echó de menos la luz que siempre ardía en un extremo de la nave y el suave rumor de la respiración de los internos. Pero la consciencia de su situación le llegó enseguida.

Recordó que uno de los recaudadores de tributos

le había dado un fuerte golpe en la nuca que lo dejó sin sentido.

Entonces abrió los ojos de verdad y miró a su alrededor. En la penumbra, la estampa del carro era desoladora: medio volcado, con tablas quitadas de su sitio, con la lona desgarrada. Estaba en plena arboleda, a poca distancia del sendero.

Vencido su aturdimiento, reparó en los destrozos que habían causado en las tres cajas. Desarmadas y con partes astilladas, apenas conservaban su forma. Sumergidos en la oscuridad, una profusión de objetos habían sido desparramados por el interior de la carreta. Matías los tanteó. Eran andrajos, utensilios abollados, pliegos apergaminados. Siguió buscando con la remota esperanza de encontrar algo que le permitiera pensar que una parte del secreto cargamento había sido olvidada por los agresores. No encontró nada. Su viaje había perdido todo significado.

Reaccionar le costó un esfuerzo enorme. Por un rato pensó que lo único que podía hacer era emprender el regreso al monasterio y admitir su fracaso. Pero no acertaba a comprender por qué la protección anunciada por Kelemen no se había visto por ninguna parte. Le parecía incomprensible que tres jinetes hubiesen podido llevarse algo que muchos hombres emboscados protegían. Aunque de manera difusa, empezaba a intuir que lo habían utilizado como un peón sin importancia. Esa idea lo humilló profundamente. De haber tenido a Kelemen ante sí, habría sido capaz de revolverse contra él y cubrirle de insultos, sin importarle el cargo que ostentaba.

Llevado por su rabia, cada vez se resistía más a aceptar que no le quedaba otra alternativa que el regreso al monasterio. Había puesto todas sus esperanzas en aquella misión que podía llevarlo, al fin, a lo más alto, a lo que siempre, desde que tenía uso de razón, había deseado.

Recordó entonces, de pronto, las palabras de Kelemen cuando le había dicho: «Y, pase lo que pase, tú sigue siempre adelante con las cajas. Siempre adelante».

Matías pensó si en aquellas palabras habría una intención secreta que no había adivinado. Pero se dijo: «En el estado en que están, ¿siguen siendo éstas las cajas de las que él hablaba? ¿No ha quedado anulada la consigna?».

Las dudas lo abrumaron largo rato. No sabía si resignarse al fracaso o cumplir una consigna que los hechos parecían haber vaciado de todo sentido imaginable.

10

Estaba cerca el alba cuando Bernardo llegó al monasterio de Upla. La silueta de los edificios le pareció más sombría que otras veces. Pero no vaciló.

A su regreso a los establos, tras la breve suplantación a que Matías lo había forzado, no había podido conciliar el sueño. Sus temores y recelos persistían. No sabía cómo interpretar lo ocurrido.

Por una parte temía que Matías hubiese robado reliquias y objetos preciosos del monasterio, con lo cual se habría convertido, aunque sin quererlo, en su cómplice, y estaría expuesto a un castigo grave. Pero también podía ser verdad lo dicho por Matías. En tal caso, él había contribuido un poco al salvamento de valiosos objetos sagrados y merecía una recompensa, aunque fuese pequeña.

Ambas posibilidades, actuando en su pensamiento, lo habían decidido a presentarse ante el abad de Upla. Si Matías había cometido un delito, al confesar él su breve intervención se liberaría de culpa. Si era cierto, en cambio, que Matías había actuado siguiendo las instrucciones del abad, acreditaría su derecho a la recompensa.

Bernardo dejó su yegua en el exterior y golpeó la

aldaba del portón lateral del monasterio. Pasado un tiempo, el monje que tenía a su cargo los trámites de recepción abrió, y al verlo, dijo sorprendido:

—¿Qué quieres tan de mañana? No esperábamos tu entrega de cabras hasta la próxima semana.

—No traigo animales. Vengo solo. Necesito hablar con el señor abad.

—¿A estas horas?

—Enseguida.

—¿A qué vienen tantas prisas?

—Sólo se lo puedo decir a él.

—Tú sabrás. Si el asunto no merece la pena, te ganarás una buena reprimenda. Entra.

El abad Maros también había sufrido insomnio aquella noche. Pronto estuvo en disposición de recibir a Bernardo. Cuando entró en la estancia vacía donde el muchacho esperaba, le preguntó:

—¿Qué te trae aquí a hora tan temprana? ¿Otra vez los lobos han atacado tu rebaño?

—No, señor abad. Pero esta noche ha pasado algo muy raro.

Desde el atardecer, la preocupación tenía en vilo al abad. No podía imaginar a qué se refería Bernardo, pero tuvo el presentimiento de que se trataba de algo que le despertaría nuevas inquietudes.

—Habla, pronto.

El chico le contó lo sucedido desde la llegada de Matías a los establos. Mientras escuchaba, el abad palidecía más con cada frase. Al final, estaba sin color. Dijo para sí, pero de forma que Bernardo le oyó:

—¿Por qué haría eso el endiablado muchacho? ¿Tenía miedo? Pero, con ese cambio, apenas resolvía nada. No. Tiene que haber otra explicación, sin duda extraña, que se me escapa.

Bernardo pensó que aquellas palabras demostraban que Matías era culpable. Sus esperanzas de obtener una pequeña recompensa se esfumaron. Sin embargo, para resaltar su inocencia, preguntó, exagerando su tono de sorpresa:

—Entonces, ¿vos no sabíais que salió ayer del monasterio?

—Sí, lo sabía. Pero no puedo entender por qué te pidió que ocuparas su puesto.

—¿Era cierto que llevaba unas reliquias para salvarlas de un peligro?

—No, claro que no. En eso puso su fantasía.

—¿Por qué salió al bosque con la carreta? ¿Adónde iba?

—Despreocúpate, Bernardo. Viniendo a advertirme has hecho lo que debías. Ahora puedes irte.

—Entonces, lo de la recompensa que vos me daríais...

—Otra de sus fantasías, aunque se te tendrá en cuenta el aviso. Pero ahora no, en otro momento. Vuelve con tus animales. Pronto llegará la luz del día.

El abad salió rápidamente de la estancia, como si algo le urgiera a hacerlo. Bernardo, confuso, dudó antes de retirarse. Pero Maros no le había dejado más alternativa. A falta de otro fruto de la entrevista, fue en busca de su yegua confortado con la idea de que, al menos, se había librado de un posible castigo.

El abad entró en la sala de los amanuenses, aún desierta a aquella hora, y encendió un candil con las chispas del pedernal. Eligió un pequeño papiro de uno de los cajones, escribió en él durante unos minutos con menuda caligrafía y lo dobló varias veces con cuidado.

A continuación, presuroso, se dirigió al torreón del palomar. Ya en la torreta más alta eligió de entre todas las palomas el ejemplar más apto. Era un ave blanca, gris y parda, de plumaje muy suave. En diversas ocasiones había dado pruebas de su velocidad, resistencia e infalible orientación como mensajera.

El abad sujetó el papiro a una de sus patas con un fino bramante. Besó torpemente a la paloma, tranquila entre sus manos temblorosas, y la lanzó al aire murmurando:

—Vuela rauda, prenda mía. Necesito del vigor de tus alas. Los tiempos son difíciles.

En el instante en que la paloma remontaba el vuelo como si fuese en busca de la aurora, Bernardo, a lomos de su yegua, abandonaba las proximidades del monasterio. En la mente del muchacho estaba naciendo la sensación de que aún no había terminado para él aquella aventura tan extraña.

Segunda parte

11

Quiso el azar que el monje Bela de Serbia estuviese en el campanario de la iglesia monástica cuando llegó a la Abadía del Mar la paloma mensajera enviada desde Upla. Bela solía subir allí en algún momento de la mañana para extasiarse contemplando el mar desde la altura.

Sin dificultad tomó la paloma, que se posó en sus manos, y advirtió el papiro que llevaba.

«El viejo abad Maros ha enviado la mejor de sus mensajeras», pensó al desdoblar el papiro. «Por algo importante será.»

Leyó a continuación la escritura apresurada:

> «Mi hermano abad del Mar: El doctor Kelemen me requirió inesperadamente al atardecer para que destinara a una misión no lo bastante aclarada a uno de los jóvenes internos. Tenía que transportar en una carreta tres misteriosas cajas. Con ellas salió de Upla, ya de noche. Después, rogué al caballero Maximiliano de Cracovia que acudiera a la ciudadela del conde para verificar la legitimidad del encargo. He sabido más tarde que Matías, el muchacho elegido, se hizo sustituir durante un trecho, usando de engaños, por un cuidador de ganado, lo que aumenta la rareza del caso. Parece como si todos estuvieran tratando de confundirse y engañarse unos a otros.

Temo ahora haber comprometido al monasterio en algo ilegítimo y oscuro. Recurro a ti en demanda de consejo y con el ruego de que dispongas que algunos monjes salgan al encuentro de Matías, cuyo camino creo lo llevará al litoral por alguno de los desfiladeros de Kapela. Tal vez ellos puedan, si Dios los ilumina, evitar que algo impío pueda consumarse. Te suplico me informes a través de las mensajeras de las disposiciones que adoptes y de sus resultados. Temo que mi sorprendida buena fe haya originado algo condenable. Tu hermano, Josip Maros.»

Bela presintió que Maximiliano no había ido a efectuar la consulta con el conde Váltor. Llevaba muchos años siguiendo de cerca las secretas prácticas de los alquimistas. Sin ser un iniciado en aquel arte, había estudiado su historia en los antiguos textos y estaba atento a las noticias de su continuidad que llegaban en cualquier momento.

Por todos los indicios, la secreta maniobra encabezada por el doctor Kelemen, cuya dedicación a la alquimia era conocida por Bela y Maximiliano, parecía estar motivada por algún hallazgo extraordinario. No era difícil deducir que las tres cajas contenían algo excepcional.

Ante lo insólito del caso, Bela de Serbia decidió soslayar la disciplina monástica. Por el momento, no daría a conocer el mensaje al abad del Mar, hombre muy severo, más apegado a las reglas que a la investigación, y poco tolerante con las prácticas heterodoxas, como la alquimia.

Destruyó el papiro, que, reducido a minúsculos

fragmentos, voló por el aire, y se llevó la mensajera al palomar.

—Un ejemplar más entre tantos no será fácilmente advertido —razonó para sí—. Tengo algún tiempo para actuar por mi cuenta. Si el avance de la carreta no encuentra grandes obstáculos, el muchacho podrá llegar a los páramos del litoral el próximo anochecer. A esa hora saldré en su busca. Si Dios quiere que dé con él, le hablaré con franqueza y, si le convenzo, para bien de la obra del espíritu, conoceré lo que ocultan las tres cajas que transporta.

A media mañana, demacrado y pálido como un espectro, aunque aún sostenido por los restos de aquella ciega obstinación que lo llevaba adelante, Matías empezó a internarse en uno de los desfiladeros de la cordillera de Kapela. Miró hacia arriba, a los altos riscos basálticos, y pensó que, si se desplomaba a su paso una peña, sería aplastado sin remedio. Pero no sintió temor, sino indiferencia. Había agotado su capacidad de tener miedo.

Otras seis veces lo habían interrogado y registrado distintas partidas de hombres de los bandos perseguidores, y hasta unos ladrones, al ver que no llevaba nada de valor, lo habían vapuleado y escupido. En ningún momento tuvo la ayuda prometida por Kelemen. Había sido un solitario a la deriva en quien todos se cebaban, avasallándolo con preguntas mientras revolvían los pobres objetos desperdigados por el carro. En los últimos encuentros ni siquiera aducía la falsa historia del traslado. Dejaba hacer, en silencio, ya acostumbrado a las vejaciones y los malos tratos.

Mas, al fin, ni unos ni otros habían impedido que continuara en dirección al mar tras haber comprobado que no era portador de cosa alguna de interés. Le dejaron seguir su andadura para no molestarse en apresarlo o darle muerte.

Había comenzado la noche sintiéndose como un héroe predestinado, capaz incluso de engañar con su astucia a los que lo habían elegido. Ya antes del alba se había convertido en un viajero sin sentido, desposeído de los bienes que llevaba y sometido a humillación y escarnio por espías, soldados, esbirros y ladrones. En unas pocas horas se había transformado en una caricatura de héroe, en un porteador absurdo, en un simple comparsa que a nadie interesaba. Su ánimo y su orgullo se habían venido abajo. Pero seguía avanzando o, mejor, dejando que los caballos avanzaran, contra toda razón y toda lógica, absurdamente obstinado y, a la vez, entregado a la pasividad de los vencidos.

Sostenía las riendas con un gesto rígido, como un sonámbulo en pleno día. Quería pensar, aunque casi no tenía ánimo para hacerlo, que llegar a ver el mar por vez primera en su vida le daría al viaje algún sentido.

No reaccionó al oír un furioso galope a sus espaldas. Sumido como estaba en la indiferencia de los humillados, ni siquiera se volvió. Dejó que los caballos siguieran a su paso, que ya no era tan vivo en las últimas horas a causa del cansancio.

Cuando el jinete solitario llegó a su altura, le pidió por señas que detuviera la carreta. Matías lo hizo, dispuesto a verse sometido una vez más a atropellos, interrogatorios y registros.

Cuando el jinete volvió grupa y se le mostró de frente, el chico salió de su estupor y exclamó:

—¡Señor Maximiliano!

—Toda la noche he ido tras de ti, muchacho. Pero tuve varios percances que me hicieron perder tiempo. Los bosques hervían de trampas, persecuciones y asechanzas. Me alegro de haberte encontrado.

—¿Cómo sabíais que yo...?

—El abad Maros me lo dijo después de tu partida.

—¿Os mandó seguirme?

—En cierto modo, sí —mintió Maximiliano—. Pero también fue decisión mía.

—Ya no soy más que un alma en pena, como los monjes dirían.

—No sé si ellos lo dirían, Matías, pero no lo digo yo —replicó el erudito firmemente, lanzando una ojeada al interior de la carreta.

El muchacho advirtió la mirada y dijo:

—No sé qué había en las cajas. No tengo ni idea. Pero ya no está. Desde casi el comienzo del viaje no he hecho más que llevar los trastos del relleno, lo que nadie quiso.

—¿Quién reventó las cajas?

Matías refirió lo ocurrido con los falsos recaudadores de tributos y los posteriores encuentros y registros. Luego alzó la mirada y observó el rostro de Maximiliano. Se sorprendió al ver que no expresaba repulsa o decepción, y añadió:

—He continuado, pero sólo por no volver atrás. No tengo otro motivo. Quizá pueda ver el mar, aunque me da lo mismo.

—No estoy seguro aún, Matías, pero puede que hayas acertado al seguir avanzando pese a todas las adversidades. Vayamos en busca de un lugar donde hablar a cubierto. ¡Sígueme!

Matías obedeció sin objetar nada. La idea de avanzar era la única que le resultaba soportable. Maximiliano tomó la delantera. Al poco rato, le indicó una abertura en las rocas que tenía capacidad para alojar carreta y caballos con holgura. Allá dirigió el carro Matías.

En cuanto quedaron a resguardo, Maximiliano le pidió a Matías:

—Es hora de que me digas quién eres realmente, y por qué tenía tanta importancia para ti la oportunidad que anoche te ofreció el doctor Kelemen.

El muchacho se refugió en un silencio distante, mientras su interlocutor insistía:

—Estoy seguro de que has estado ocultando tu verdadera identidad. Lo pensé ya la primera vez que hablé contigo en Upla. Tú no eres un pobre chico campesino, huérfano a causa de la última epidemia. Hay algo más en ti, en tu vida, en tu persona. Algo que te hizo aceptar al momento la peligrosa oferta de Kelemen. Necesito que me digas la verdad, antes de que los dos decidamos cómo proseguir este viaje que tal vez no haya acabado, sino que precisamente puede empezar ahora.

Con mucho escepticismo, Matías preguntó:

—¿Creéis que no ha terminado? ¿Por qué, si todo indica lo contrario? Ya sólo me atrae la idea de escapar.

—Puedo estar equivocado, pero creo que pronto empezarás a desempeñar un papel primordial en el plan trazado por Kelemen.

—¿Sin las cajas, sin lo que ocultaban, sólo con andrajos en el carro?

—Sí —afirmó Maximiliano mirándole a los ojos con entusiasmo—. A pesar de todas las apariencias de fracaso.

—No puedo entenderlo, no puedo.

—Lo entenderás cuando te explique algo. Pero dime antes quién eres en verdad. Es necesario.

Matías empezaba a flaquear en su resistencia, pero aún no estaba resuelto a confiarse. Opuso:

—No se lo he dicho nunca a nadie. ¿Por qué tendría que hacerlo ahora?

—Si no confías en mí, ¿cómo podré darte mi confianza, que ahora te es tan necesaria? Tenemos que hacer un pacto, un intercambio. Después, tu viaje podrá continuar.

El chico dudó todavía cierto tiempo. Su desconfianza no fue vencida fácilmente por Maximiliano. Pero la idea de que el viaje aún podía tener significado acabó por obrar sus efectos. Matías dijo al fin, como vaciándose:

—Os diré quién soy. Pero maldito seréis, Maximiliano, si hacéis de ello un uso que me dañe.

—Si en algo estimas el valor de mi palabra, has de creer que todo mi honor y toda mi integridad están en esto: te pido que me hables de ti porque ahora es necesario. Una vez acabado el viaje, olvidaré lo que me hayas revelado.

—¿Me lo juráis?

—¡Te lo juro por el Señor del Universo!

—Lo habéis jurado —insistió Matías.

—Lo sé, y lo mantengo. Dime ahora, ¿qué sabes de tu origen?

—Todo lo que conozco lo sé por mi madre, muerta hace casi un año.

—¿Tu madre? —exclamó Maximiliano.

—¿Por qué os extraña? ¿Acaso pensabais que no la había tenido?

—No me hagas caso. ¡Sigue!

—Lo diré con pocas palabras. No me gusta el término, pero no conozco otro mejor: soy el bastardo del conde Váltor.

—¿Bastardo de Váltor? —repitió Maximiliano, perplejo.

—Todos saben que la condesa no puede darle hijos. Pero sí pudo darle uno mi madre, que estuvo varias veces con el conde cuando era dama al servicio de la condesa.

—¿Te conoce el conde?

—Nunca ha querido verme ni saber de mí. Me repudió. Pero facilitó en secreto que mi madre llevara una vida cómoda lejos de la ciudadela. Ella dedicó la mayor parte de su asignación a educarme como un futuro caballero. Vivíamos en una casa confortable y discretamente custodiada. Pero al morir mi madre todo acabó. Para Váltor yo no represento nada. De la noche a la mañana, el preceptor que me educaba y los criados que teníamos a nuestro servicios desaparecieron sin despedirse de mí. Al día siguiente, al volver de una caminata por el monte, encontré la casa cerrada y sellada. Dos soldados la vigilaban. Me ahuyentaron sin atender a protestas ni a razones. Me convertí en vagabundo y fui de un lado a otro, evitando siempre entrar en campamentos y casas militares, pues detestaba la idea de ser enganchado a la fuerza como escudero o paje de los soldados de mi padre, lo que me habría degradado para siempre ante sus ojos. Así fui dando tumbos hasta encontrar refugio en Upla.

—¿Es todo esto verdad? —inquirió Maximiliano.

—Tan verdad como la luz del día —repuso Matías—. Cuando anoche Kelemen se presentó en el monasterio, pensé que era una ocasión única. Si actuaba de manera eficaz y meritoria en una misión ordenada por mi padre, él se fijaría en mí, y al saber quién era yo no dudaría en proclamarme digno hijo de su sangre. Sólo por un motivo así se decidiría a hacerlo. Pero nada de eso será posible ya. Ni siquiera he llegado a saber qué se esperaba de mí, además de llevar las cajas por el bosque. Bien, da igual, está claro que no lo he logrado. Pero no quiero volver al monasterio. Mi vida no es aquélla. Si llego al mar, haré cuanto esté en mi mano por hacerme marinero. Lejos de Croacia dejaré de ser un bastardo repudiado para ser uno más entre tantos. Lo prefiero.

Maximiliano le preguntó:

—¿Sabes tú qué es la alquimia?

—Mi preceptor pronunció alguna vez esta palabra, pero dijo que era cosa de fanáticos. La oí también en Upla, en boca de los monjes, pero la pronunciaban siempre con temor y precaución, como si pudiera mancharles los labios. ¿Qué es?

—No hay tiempo para que te lo explique ahora. Es algo muy complejo. Sólo te diré que el doctor Kelemen, además de médico, es el mejor alquimista de Hungría y uno de los que gozan de mayor prestigio en toda Europa.

—¿Y?

—La aventura que ayer comenzaste tiene que ver con sus prácticas alquímicas, no con sus servicios al conde Váltor.

—¿Es la alquimia una forma de brujería?

—No. Es algo que tiene un fin noble y elevado, aunque sus métodos puedan ser puestos en duda. Pero todo lo ocurrido hace pensar que Kelemen obtuvo algo importante que lo llevó a emprender la maniobra en que te has visto involucrado.

—Pero, con alquimia o sin ella, ¿no acabó ya todo para mí?

—Es muy posible que no, Matías. Escucha. Lo que voy a decirte es de la mayor importancia. A lo largo de la noche vi en el bosque a otros muchachos como tú que también conducían carretas. Si no se las habían destrozado o robado ya, todos llevaban también tres cajas de madera.

—Entonces, ¿cuáles eran las auténticas?

—No lo sé, Matías. Puede que ninguna.

—¿Ni las que yo llevaba?

—Seguramente ni ésas.

—¡Cada vez lo entiendo menos!

—No sólo vi carretas. También vagabundos con alforjas convencidos de llevar en ellas algo muy valioso. Y jinetes reclutados al atardecer por los alquimistas con cajas de madera en la grupa de sus caballos. Muchas gentes creían llevar una carga valiosa a cuestas. Y el bosque estaba lleno de esbirros, soldados y caballeros armados dispuestos a hacerse con el verdadero cargamento de los alquimistas. Yo mismo fui interceptado y registrado sin miramientos varias veces. En los bosques se estaba desarrollando una gran operación de engaños, camuflajes y transportes falsos. Todo ello para proteger y enmascarar el viaje de las verdaderas cajas. Y tú has sido el primero y hasta ahora el único, gracias a seguir avanzando pese a todo, que has llegado a los desfiladeros de Kapela. ¿Te das cuenta de lo que eso puede significar?

—No del todo.

—Ahora estás en la avanzada, en cabeza, en la punta de lanza, mientras los demás han caído apresados, han abandonado o aún se debaten entre escaramuzas y emboscadas.

—Pero ¿de qué sirve mi posición avanzada si no tengo las cajas auténticas, si no las he tenido nunca?

—Tu posición es preciosa ahora. Debes continuar hacia la costa. Quién sabe si los alquimistas reclutaron a tanta gente no sólo para confundir y enmascarar, sino también con el propósito de que, entre tantos, alguno llegara al mar. Tú puedes estar en este caso. ¿Te das cuenta? Tu participación puede ser extraordinaria.

12

Kelemen cabalgaba briosamente con el último caballo de refresco que le habían facilitado sus adeptos. La noche y la mañana habían estado llenas de acontecimientos. Los alquimistas habían realizado tal cantidad de falsos desplazamientos y maniobras, a los que se añadieron los de los muchos colaboradores y comparsas que habían puesto en juego, que los bandos perseguidores habían sufrido un considerable desconcierto.

Kelemen, con más fortuna que Miklós, había logrado seguir adelante gracias a los movimientos de distracción efectuados por sus amigos. Pero no llevaba nada más que su persona. Tampoco él era el portador de la materia alquímica ni del oro obtenido en el laboratorio. Iba en pos de Matías. El muchacho era ahora su gran objetivo, su esperanza máxima.

Pero su alma estaba herida. Miklós y otros muchos habían sido apresados y, seguramente, sometidos a tortura. Las persecuciones y emboscadas habían comenzado antes de lo previsto, cruentas, encarnizadas. Se había derramado sangre. El dolor recibido y causado excedía ya del que se había considerado justificable. Kelemen estaba desolado ante la magnitud de los hechos. La astucia y la estrategia no habían bastado. La violencia y el miedo estaban en todas partes.

Había logrado el primer Talismán de Talismanes de la historia. Había convertido el plomo en oro puro. Él, Kelemen, maestro del arte magna, había alcanzado la simbólica corona de los filósofos, la gloria más secreta y más alta. Y, sin embargo, era también un fugitivo cabalgando en busca de un muchacho que podía salvar el precioso material. Lo alcanzó bajo el destellante sol de media tarde, cuando ya Matías había dejado atrás la cordillera y avanzaba hacia los páramos cercanos a la costa adriática.

Matías reconoció a Kelemen en cuanto lo vio al trote junto al carro. Enseguida, el alquimista le increpó duramente:

—¡Desdichado! ¡Detén la carreta! ¿Adónde vas? ¿Cómo tienes valor para seguir avanzando? ¿Dónde está la carga que te confiamos?

Matías frenó los caballos y se esforzó por mantener la calma como Maximiliano le había recomendado ante cualquier circunstancia. Pero necesitó decir:

—Me asegurasteis que tendría protección. No la tuve. ¿Qué se me puede reprochar?

Sin calmar su cólera, Kelemen replicó:

—La noche estuvo llena de asedios y trampas. Los nuestros tuvieron que cuidarse de sí mismos en muchos momentos. ¿Tu corto entendimiento no te hizo comprender que no se te podía dar la protección anunciada? ¿No se te ocurrió enterrar las cajas en lugar seguro hasta que recibieras aviso de seguir adelante? ¿Ésa es la astucia que la vida te ha enseñado? En verdad, no eres más que un miserable bastardo.

Matías sintió que aquella palabra lo destrozaba: Maximiliano lo había traicionado revelándole a Kelemen su secreto. El alquimista continuó, ciego de furia:

—¿Sabes qué es un bastardo? ¡Nada! Alguien que ha sido borrado, aunque respire y ande. ¡De haber sabido quién eras, el fruto de la simiente que el conde lanzó al fango, jamás te hubiese confiado las cajas!

—Pero ¿no eran falsas, para desorientar a vuestros adversarios?

—¡Ni falsas te las hubiese confiado! Un bastardo que trata de hacerse el héroe para que su padre se digne mirarle a la cara no puede ser más que un obstáculo. Cualquier otro novicio o interno habría sido mejor que tú. Cuando Váltor sepa lo ocurrido te repudiará de modo definitivo, si no lo ha hecho ya. ¡Maldigo la hora en que te elegí, maldigo la hora en que el abad lo hizo!

Matías se estaba derrumbando, aunque su cuerpo permanecía envarado en la tabla del pescante de la carreta. Aquellas palabras, ante las que ya ni era capaz de protestar, le estaban haciendo un daño enorme. Eran injustas, desmesuradas, pero también certeras en una parte.

Kelemen, en un arrebato de crispación, descabalgó, se acercó a la carreta y removió los andrajos desparramados. Parecía que, movido por una última es-

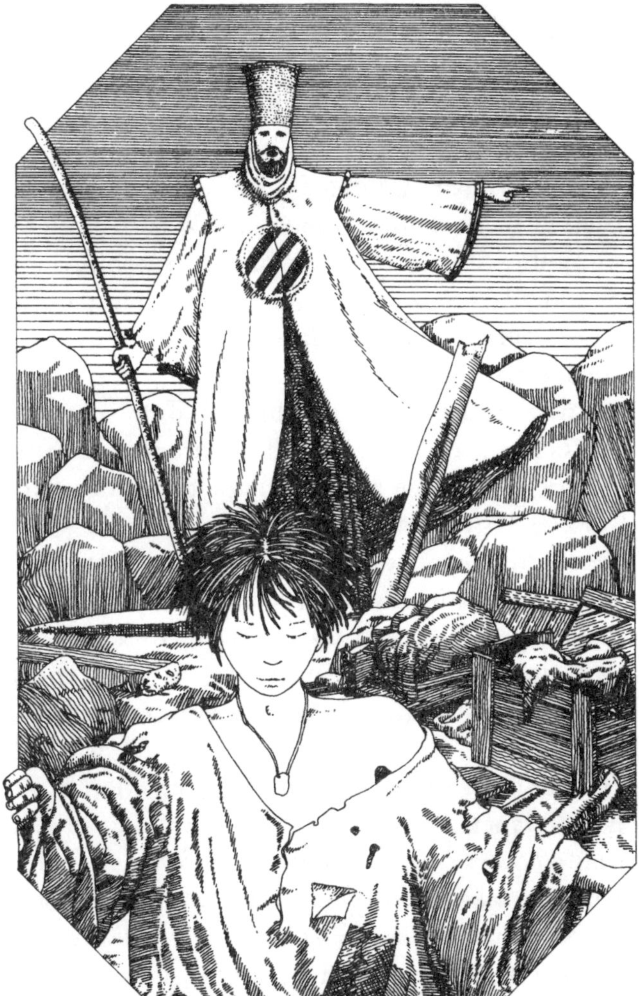

peranza, aún confiara en encontrar una mínima parte del cargamento precioso que no hubiese sido descubierta por los que habían registrado el carro. Pero la búsqueda no dio resultado, porque dijo, aún más furioso que antes:

—Se te confió lo más valioso de este mundo y te lo dejaste arrebatar. ¡Sí, sigue hasta el mar y que el Adriático se te trague, como a todos sus ahogados! Los hombres, en el futuro, odiarán tu nombre y tu recuerdo. Para mí ya has muerto aunque parezcas aún con vida. Nunca olvidaré tu cobardía ni dejaré de maldecirte.

Después de arrojar las terribles palabras sobre Matías, Kelemen, con el rostro desfigurado por la ira, montó de nuevo y se alejó al galope por donde había venido, en dirección a los montes de Kapela.

Matías ni se volvió para verlo alejarse. Estaba paralizado. Maximiliano había logrado reavivar sus esperanzas, pero Kelemen las había destrozado.

Absorto en su inmensa amargura, no se dio cuenta de que los dos caballos se ponían de nuevo en marcha sin que él se lo ordenara. Entre estar parado o en movimiento no había entonces para Matías ninguna diferencia.

Tan sólo deseaba no volver a ser visto, no hablar nunca con nadie, deslizarse como una sombra anónima, ser ignorado y olvidado.

Al ir avanzando, el paisaje sufrió acusados cambios a su alrededor. Se adentraba en unos parajes singularmente desolados, de agreste belleza e inmensa soledad. En la tierra y en las rocas, muy calcáreas, despuntaban flores minerales blancas. La erosión secular y el milenario efecto del agua habían actuado en aquella zona con especial intensidad, configurando un panorama fantasmagórico cuya hermosura inquietaba los sentidos. Como creados por artífices de un arte natural y sin tiempo, sobresalían del terreno, a veces a gran altura, enormes túmulos que proyectaban sus sombras sobre la tierra clara y cuarteada. Sus altas terrazas se sostenían sobre cuerpos esbeltos, peinados de año en año por las aguas de la lluvia.

Aquellas elevadas plataformas, rematadas por bellísimas cornisas naturales que parecían labradas por ángeles, semejaban inverosímiles castillos de tierra, nidos de águilas, moradas de las nubes, monumentos misteriosos a las fuerzas naturales.

No se escuchaba más que el continuo ulular del viento, que serpenteaba entre las formas prodigiosas de los túmulos para perfeccionarlas. Hasta el chirriante rumor de la carreta parecía haberse apagado al entrar en contacto con aquellas milenarias soledades.

Matías se apercibió muy lentamente del gran cambio del paisaje. Cuando tomó conciencia plena, no se sorprendió, aunque nunca había visto una tierra como aquélla. Consideró que era un páramo de la muerte, un lugar fuera del mundo donde su vida podría diluirse en la nada.

Pensó que aquélla iba a ser su abierta y vasta tumba, lejos del espanto enclaustrado de cementerios, sarcófagos y osarios.

Empezaba a oscurecer. También en ello vio una

señal propicia a su deseo de extinguirse. La negrura de la noche, próxima e inmensa, sería su sudario.

Podría morir, como quería, lejos de gritos y miradas, en la terrible paz del solitario, del vencido, del que ya no significa nada.

Con el declive del día vio empezar su propio ocaso.

13

A la caída de la tarde, Bela de Serbia salió de la Abadía del Mar, tal como había planeado al leer el mensaje del abad de Upla.

Su partida no despertó extrañeza en la comunidad ni hubo necesidad de explicaciones. Bela tenía por costumbre hacer salidas al campo para recolectar plantas medicinales, de las que era coleccionista y estudioso. Algunas convenía cortarlas a la entrada de la noche, por ser el momento más favorable del día. Para los monjes que le vieron salir a caballo, aquélla era una más de sus muchas expediciones botánicas, que a veces le llevaban la noche entera.

Cabalgó con brío dejando el mar a sus espaldas. Iba tierra adentro. Sabía que el muchacho de Upla, si su avance no se había desviado de su dirección al mar, tendría que atravesar los desolados parajes calcáreos que unían las estribaciones de Kapela con la franja costera.

Eran de una extensión considerable, pero, por su especial relieve, suavemente ondulado entre los túmulos, era posible divisar un jinete o una carreta a gran distancia. La proximidad de la noche tampoco constituía un grave obstáculo. El cielo estaría despejado. La luna llena irradiaría su potente resplandor en el fantasmagórico paraje. Y la más pequeña hoguera, o la luz más diminuta que el muchacho encendiera para alumbrarse, indicarían su presencia a lo lejos aún mejor que en pleno día.

El galope de Bela era veloz y decidido. Ya le faltaba poco para llegar a la zona de altos túmulos que hablaban en silencio del perpetuo fluir del tiempo.

Doblado el último islote que se interponía entre la *Escitia* y la costa croata, el capitán Marco Treviso puso proa al reino de Hungría.

Después del coactivo diálogo mantenido la noche anterior, no se habían vuelto a cruzar palabras entre los dos alquimistas y los marineros venecianos. Pero en aquel momento en que Croacia estaba tras el horizonte, el capitán bajó al sollado, donde permanecían en silencio los dos comisionados. Actuó con la cínica tranquilidad que le daba el saberlos en su poder. Les habló así:

—Ya estamos cerca de la costa de Croacia. Los vientos nos siguen siendo favorables. Podremos tocar tierra a medianoche si la ruta no es muy oblicua. Tenéis ya que decirme cuál es el punto exacto del litoral donde ha de producirse el embarque.

Itsván e Imré llevaban largas horas esperando aquella pregunta. Habían discutido extensamente cuál podría ser la actitud más conveniente a tenor de las circunstancias. Estaban prácticamente secuestrados por unos navegantes sin escrúpulos, y lo estarían también sus amigos en cuanto subieran a bordo, si lograban hacerlo. Pero el salvamento de las tres cajas seguía siendo, por encima de todo, el objetivo primordial de la operación.

Podían indicarle a Treviso un falso punto de arribada. Pero con ello exponían a Kelemen y a los que le acompañaran a un peligro aún más grave. Abandonados en la costa, quedarían a merced de sus perseguidores, sin posible escapatoria.

No tenían más que una opción, aunque sumamente peligrosa: revelarle al veneciano el lugar del embarque y confiar en que todo se desarrollara de modo que el tesoro alquímico pudiera salvarse. Itsván tomó la palabra y extrajo un tosco plano de su bolsa.

—Será fácil de divisar en una noche de luna como ésta. Esta cruz indica el gran saliente donde está la Abadía del Mar de los benedictinos. Podremos ver su silueta recortada contra el cielo. Aquí, a la izquierda, a no mucha distancia, hay una cala angosta protegida por acantilados. Allí nos estarán esperando.

—En esta zona puede haber escollos. Esperaremos a prudente distancia mientras un bote continúa hasta la playa. La operación será más lenta, pero es la única manera de realizarla. ¿Cuál es la hora convenida?

—Que la nave se acerque a la menor distancia y se quede al pairo. Recibiremos una señal luminosa desde la cala. Ése será el momento del embarque.

—Bien —consistió Treviso, sonriente—. Pero no quiero estratagemas de ninguna clase. No vaya a resultar que esté esperando en tierra un grupo de hombres demasiado numeroso para nosotros. Mis condiciones son: uno de vosotros irá con un bote a la playa. El otro se quedará aquí como garantía del trato. Al menor síntoma sospechoso, viraremos a alta mar sin esperar a nadie. Y aquel de vosotros que se haya quedado a bordo pagará por el engaño. Si todo transcurre sin problemas admitiré en la nave, en un primer viaje del bote, a dos pasajeros con toda la carga. Serán registrados a fondo. No deben llevar armas, ni una simple daga. Nosotros decidiremos qué hacer con ellos y con la carga. Si la mercancía nos gusta y son generosos en el pago, hasta es posible que admitamos a bordo a los restantes caballeros, siempre que no sean demasiados, y que los llevemos a la isla que elijan en el archipiélago dálmata. Pero si intentan cualquier treta, que no les dará ningún resultado, serán arrojados al agua sin contemplaciones.

Sin esperar conformidad, seguro de tenerlo todo bajo control, el capitán Treviso dio media vuelta y ascendió a cubierta. Ya a solas, Imré dijo:

—Aunque no lo parezca, hay una esperanza: esta gente no se dará cuenta del valor inmenso de la carga.

—Es cierto, pero eso los exasperará. Ya se han hecho a la idea de que van a apoderarse de objetos de gran valor. Imaginan que van a tener en sus manos un tesoro de la nobleza húngara.

—Esperemos que Kelemen traiga monedas suficientes para contentarlos.

—Y esperemos, antes, que haya podido llegar a salvo a la costa con otros iniciados. Nosotros, ahora, ya no podemos hacer más.

14

Matías estaba tan falto de ánimo que no tenía ni la energía necesaria para detener a los caballos. Habían seguido avanzando en plena noche, cada vez más despacio, pero sin pararse. El muchacho, replegado sobre sí mismo como un guiñapo, había dejado, con su pasividad, que lo llevaran.

A su mente derrotada le parecía que ya había pasado mucho tiempo desde sus dispares encuentros con Kelemen y Maximiliano. Todo quedaba muy lejos en el tiempo, muy atrás, casi olvidado. Sólo permanecían en él los efectos demoledores del fracaso.

De pronto, algo reavivó su consciencia apagada. Los caballos se habían detenido sin que él se lo ordenara. Creyó ver, como en un espejismo, una segunda luna llena, réplica exacta de la que estaba en el cielo, en una depresión del terreno.

Miró al firmamento. La luna primera estaba en pleno curso astral. La que tenía a sus pies era un eco visual, una imagen reflejada.

Tomó conciencia entonces de que había llegado a orillas de un lago. Le sorprendió encontrar agua en aquellas tierras sedientas y cuarteadas. Pero la superficie del lago se extendía ante él, era indudable.

Descendió de la carreta y se acercó más al agua. Le pareció un gran espejo, misterioso y brillante, en el que no era posible mirarse sin quedarse allí para siempre.

Murmuró para sí, sin oír el sonido de su voz:

—He llegado a mi destino. No tengo fuerzas ni motivos para seguir hasta el mar. Ya no es necesario que siga avanzando. Aquí está lo que buscaba.

Sólo se despojó de sus sandalias. Experimentó una satisfacción débil y efímera al pensar que el agua sería una sepultura más limpia y pura que la tierra, morada del gusano.

Al entrar en el lago recordó los estanques de agua lustral descritos en los poemas clásicos que su preceptor le había leído en voz alta para educarlo en las cadencias de la lírica. Pero enseguida los olvidó al decirse: «Muerto estoy ya. Kelemen lo dijo. Ahora sólo falta que el agua devuelva mi cuerpo a la nada de donde vine».

El frío del lago sólo le produjo un primer escalofrío. Pronto dejó de sentirlo. Estaba demasiado lejos del mundo para que las impresiones perduraran en sus sentidos.

El fondo del lago descendía suavemente. Anduvo algunos pasos hasta que el nivel del agua le llegó al pecho. La depresión del fondo se acentuaba. Se adentró un poco más en el lago y pronto el agua tentó las comisuras de sus labios.

Se dispuso a tragarla y a ser tragado por ella. El viento se había aquietado, y estaba como en suspenso ante la magnitud trágica de lo que se preparaba. Todo era silencio, tristeza, soledad.

Quiso dar un grito de adiós a la vida, pero se le murió en la garganta. Sólo con miedo a sufrir en sus últimos instantes, se abandonó en el seno de las aguas, decidido a ahogarse.

Su cuerpo, al sumergirse, disgregó por un momento la imagen de la luna reflejada.

Pero se recompuso a los pocos instantes, como si el lago restableciera un equilibrio milenario entre la tierra y el espacio.

Si en algo podía considerarse Bernardo maestro consumado, era en el seguimiento de pistas y rastros. Sin embargo, durante una parte de la jornada no había tenido necesidad de emplear su talento. Aunque eran muchos los caminos de los bosques por los que podía transitar una carreta, él sabía que, para llegar al mar, Matías habría tenido que pasar por los desfiladeros de Kapela. Tomó con su yegua, a través de las frondas, los caminos más directos a la cordillera.

Bernardo había sido también detenido y registrado varias veces bajo amenaza. Lo habían interceptado los soldados de Váltor, cada vez más numerosos. Más tarde, varias veces, los seguidores del barón Gabor. Incluso alguno de los alquimistas de Kelemen lo había interrogado en más de una ocasión por creerle ojeador de los bandos perseguidores.

Pero todos se habían convencido de que era sólo un muchacho vano y miserable que iba a conocer el mar, sin relación alguna con la oscura trama de los hechos.

Así, libre de sospechas, había podido continuar sin mayores percances y salvar los desfiladeros con su veloz yegua.

Al llegar a los parajes erosionados, ya acabando el día, Bernardo había empezado a seguir las huellas dejadas por las ruedas del carro. No le resultó difícil: los surcos destacaban en la tierra polvorienta.

Sólo la llegada de la oscuridad había dificultado el seguimiento. Aquél era un páramo sin caminos. Por tanto, los tenía infinitos. Además, cosa extraña, el itinerario seguido hasta aquel punto por la carreta era zigzagueante; seguía continuas curvas, no muy pronunciadas, pero ajenas a la lógica. Si el trazado hubiese sido recto, Bernardo se habría aventurado a seguir su prolongación en la oscuridad. Pero, dados los rodeos marcados hasta entonces, ¿cómo saber en cada momento por dónde continuar?

La claridad lunar no le bastaba para ver el relieve de las huellas. A cada momento las perdía y tenía que retroceder, descabalgando, y buscarlas agachado, casi tanteando el terreno con las manos. Así, un tiempo precioso se le iba.

Sus dificultades aumentaron al llegar a una zona pedregosa donde ya no había forma humana de descubrir a la luz de la luna por dónde había pasado la carreta.

Desalentado, se rindió. Su talento de rastreador ya no podía ayudarle. Temía, además, que, si continuaba adentrándose en aquella comarca desconocida sin un rumbo coherente, acabaría por extraviarse.

No podía hacer más que esperar la luz del día.

Sólo entonces estaría en condiciones de decidir. Calmó su contrariedad pensando que tal vez no muy lejos de allí estaba Matías, con la carreta detenida, descansando.

De ser así, al amanecer lo avistaría.

La gran salinidad de las aguas del lago, en las que el cuerpo de Matías flotaba como si no pesara apenas nada, le había impedido ahogarse.

No había bajo el agua rocas ni vegetación a las que poder aferrarse para permanecer sumergido el tiempo necesario. Una y otra vez, el empuje ascendente del largo cargado de sal lo había devuelto a la superficie.

Al fin, agotado y falto incluso de decisión para volver a la orilla y cargarse de piedras que pudieran lastrarlo, se abandonó. Para él no había apenas diferencia entre ahogarse y permanecer flotando, pues igualmente se sentía como muerto. Por ello desistió de todo esfuerzo y se quedó sobre el quieto lecho de las aguas. La luna llena le parecía su lápida lejana. Cerró los ojos, olvidándola.

Su único sentido aún alerta era el oído. Pero el silencio era tan grande, tan intenso, que la ausencia de sonidos le ayudó a creer que para él el universo constaba ya sólo de vacío.

Bela de Serbia recorría las desoladas ondulaciones del páramo entre las sombras fantasmales de los túmulos, mudos señores de la noche.

No había percibido aún señal alguna que indicara

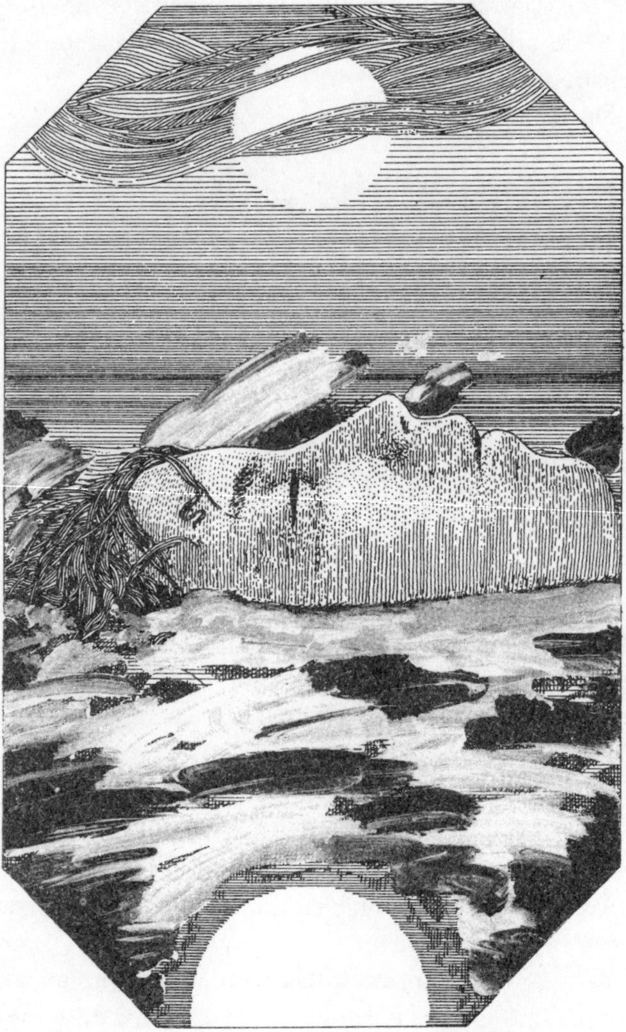

que Matías estaba en aquellos parajes. Pero, habituado a recorrer distancias en la noche, continuaba su búsqueda, incansable, dispuesto a encontrarlo.

Su estado de alerta le permitió reaccionar cuando advirtió, a lo lejos, una figura alta inclinada sobre la tierra. No podía ser Matías. Su corpulencia excedía a la de un muchacho. Bela detuvo su caballo y desmontó. Hasta entonces, la tierra porosa había amortiguado el sonido de los cascos. Pero en cualquier momento el desconocido podía oírlo acercarse. Se desplazó a un lado con cautela para que uno de los túmulos lo ocultara. A su abrigo podría seguir caminando sin que el otro lo viera. Dejó el caballo escondido, le indicó calma con un gesto que el animal conocía y avanzó en solitario con los pies descalzos. Mientras se iba aproximando, el juego de desniveles del terreno le permitió ver a su izquierda, a media distancia, la gran superficie plateada del lago.

«Nunca lo había visto tan lleno de agua», pensó, sin reparar en el cuerpo que flotaba inmóvil en la superficie con los brazos en cruz y las piernas separadas.

Al llegar al túmulo, que era un excelente parapeto, empezó a bordearlo en dirección al flanco más próximo a donde estaba el desconocido. Pudo oír entonces un ruido rítmico. Parecía que el misterioso personaje estuviese golpeando la tierra con alguna herramienta metálica.

Cuando se encontraba cerca de poder ver al otro, los ruidos que éste hacía cesaron de repente. Bela pensó, inmovilizándose: «¿Me habrá oído? Algo lo ha alertado».

Lamentó en aquel momento que su condición de monje le hiciera ir desarmado. El desconocido podía actuar con violencia al verse descubierto. Pero Bela había salido bien de otros trances difíciles sólo con la fuerza de las palabras. Se decidió a mostrar su presencia sin mayor espera. Persistir en el acecho podía agravar la situación si el otro se sentía amenazado. Cualquier cosa podía ocurrir en aquellas soledades.

Anduvo los pocos pasos necesarios para quedar al descubierto. Como había deducido, el otro estaba erguido, quieto, esperándolo. Sostenía una pala con las manos, aunque no parecía esgrimirla como arma. La luz de la luna le reveló a Bela el rostro escrutador y tenso del extraño. Lleno de sorpresa y alegría, pronunció su nombre.

—¡Maximiliano! No se me había ocurrido que podías estar ya aquí, aunque debía haberlo imaginado.

El aludido le impuso silencio con un ademán rápido y se le acercó para abrazarlo y decirle en voz muy baja:

—¡Bela! El sorprendido soy yo. ¿Qué te ha traído aquí esta noche: una de tus correrías? ¿Por qué podías haber supuesto que yo estaría en este lugar?

—El viejo Josip Maros envió un mensaje a la abadía. Te mencionaba.

—Quiso que fuera a parlamentar con Váltor, pero no lo hice.

—Lo suponía.

—Y acerté, no sabes cuánto. Algo extraordinario está pasando. Todos los alquimistas de Hungría se han movilizado. No puedo darte más detalles ahora. El muchacho de Upla está en el lago. Ha pasado por pruebas muy duras, pero a partir de ahora vivirá la decisiva. Ayúdame a desenterrar las tres cajas que contienen el gran hallazgo de Kelemen. Estaba empezando a cavar para sacarlas. Éste es el punto exacto: la referencia del túmulo y el lago es lo bastante precisa; no puede haber error.

—¿Aquí están enterradas las tres cajas que el novicio sacó del monasterio?

—No. Aquéllas eran falsas, como todas las que a lo largo de la noche y el día se han desplazado por los bosques, en todas direcciones, para confundir a los perseguidores. Las verdaderas fueron ocultadas aquí, hace tres noches, en espera de la nave que hoy las llevará a alta mar.

—¿Cómo has podido saberlo? ¿Formabas parte de la conjura de los alquimistas?

—No. Pero he tenido un providencial encuentro con Kelemen esta mañana. Ha comprendido que podía confiar en mí. Además, necesitaba hacerlo: casi todos sus seguidores han sido apresados. Me reveló el secreto de la trama. En ella, por la suma de las circunstancias, es ahora pieza capital ese muchacho que entró en ella como simple comparsa. Míralo: está en el lago, flotando.

—¿Qué hace allí? ¿Está inconsciente? ¿Duerme?

—Está viviendo una muerte simbólica que lo devolverá, según Kelemen quería, renacido, nuevo, purificado.

—¿Está Kelemen también aquí?

—No. Volvió atrás, a los bosques, para ayudar a aquellos de los suyos que aún resistían y para seguir manteniendo la ficción de que el precioso cargamento todavía está en las comarcas interiores. Para proteger el embarque, tratarán de hacerles creer a los perseguidores que se llevan la codiciada mercancía al interior de Hungría. La presencia de Kelemen ayudará a que sus adversarios caigan en el engaño sin sospechar que las verdaderas cajas están aquí, muy cerca del mar.

—¡... Una estrategia endiabladamente astuta! —exclamó Bela de Serbia, admirado, sin elevar la voz—. ¿Y qué es lo que se espera ahora del muchacho?

—En primer lugar, que acepte retornar a la vida después de su muerte simbólica, y casi verdadera.

—¿Cómo?

—Quiso ahogarse. Yo estaba muy cerca del lago, oculto tras la carreta, dispuesto a impedirlo, claro. Pero no fue necesario. Las aguas no aceptaron su cuerpo y se sumió en un sueño místico del que renacerá entre fulgores.

—No acabo de comprenderlo, Maximiliano.

—Silencio. Vas a verlo. Pero ayúdame antes a desenterrar las cajas.

15

A Matías lo despertó una sensación desconocida. Le llegaba a través de los párpados cerrados. Era una claridad intensa, cálida. Pensó al principio, aún con los ojos sin abrir, que era el resplandor de la luna lo que notaba. Enseguida comprendió que no. Su color era amarillo, áureo, y su intensidad, mucho mayor.

Para saber qué producía el efecto luminoso, abrió lentamente los párpados.

A su alrededor la superficie del lago brillaba con un fulgor dorado tan intenso que lo deslumbró. Creyó estar viendo resplandores de otro mundo, de un más allá al que estaba llegando gracias a su deseo de irse de la vida.

La sorpresa le hizo abandonar su posición estática, elevó la cabeza para ver mejor en torno a sí, rompió su equilibrio y braceó. Aquellos movimientos le hicieron tragar, sin quererlo, varios sorbos del agua iluminada.

El fuerte sabor salado le repugnó al principio. Pero enseguida percibió otro sabor, desconocido, más sutil y más intenso, que lo alivió de la náusea.

Sus mejillas se inflamaban dulcemente, recorridas

por un calor misterioso y remoto. Todo su cuerpo se llenó de calidez y bienestar. Aquel calor profundo lo confortó intensamente.

Así, en una continuidad que no parecía tener fin, Matías experimentó sensaciones inefables. Percibió la esencia de la vida, la respiración universal, como si allí, por misterioso privilegio, se manifestara plenamente. Casi dudó si era él, Matías, quien estaba allí, en el lago, ocupando el lugar que ocupaba. No se reconocía.

Se sentía enteramente nuevo, distinto a como había sido hasta entonces, como si en aquel despertar, en aquel renacer, encontrara dentro de sí a otra persona.

Libre de toda ambición y toda angustia, descubrió en su interior armonías que lo vinculaban de nuevo a la vida, ritmos con los que la vida lo llamaba como a un ser singular y necesario.

Observó después que el resplandor acuático se sumergía y apagaba. Pudo comprender la causa: un polvo finísimo, dorado, después de haber estado flotando en la superficie que lo rodeaba, se iba hundiendo, partícula a partícula, en la profundidad del lago.

Supo entonces que una parte de aquel resplandor, de aquel polvillo casi ingrávido, estaba dentro de él: lo había tragado con el agua. Pero, extrañamente tranquilo y sosegado, pensó que no le haría daño.

Al irse apagando los fulgores amarillos y dorados, de nuevo la luna hizo prevalecer su resplandor arcaico. Ya no le parecía una lápida, sino una piedra bautismal fundida en plata.

Bela y Maximiliano, agazapados tras la carreta, contemplaban la escena sin dejarse ver. Pero algo puso fin a su actitud silenciosa y concentrada. Un cuarto personaje se acercaba al lago, seguido a pocos pasos por una yegua silenciosa.

El recién llegado, de menuda figura, no reparó en los dos hombres. Se dirigió en línea recta a la orilla. Avanzaba con cautela, pero no parecía temer que lo estuviese viendo alguien.

En el lago, el resplandor dorado se había extinguido enteramente. Matías, aún tendido sobre el agua, movía los brazos y se impulsaba por la superficie siguiendo una trayectoria circular y lenta.

La figura cautelosa pronunció en el silencio el nombre del muchacho:

—¡Matías!

El aludido oyó su nombre, pero creyó haberse figurado que lo oía. El otro insistió:

—¡Matías! ¿Qué te ha pasado? ¿Qué haces en el agua?

Con gran esfuerzo, pues le parecía haber perdido el don del habla, respondió:

—¡Bernardo! ¿Cómo has llegado hasta aquí? ¿Me venías siguiendo?

Maximiliano y Bela decidieron intervenir en aquel instante. Abandonaron su escondrijo tras el carro y se acercaron a la orilla.

Bernardo se asustó al ver las dos figuras recién aparecidas y, señalándoselas a Matías, le preguntó:

—¿Quiénes son?

Matías se volvió en el agua para mirar a donde el

otro muchacho le indicaba. Tuvo también un sobresalto. Durante unos segundos pensó que las pasadas angustias iban a repetirse. Pero enseguida se tranquilizó. Pocas cosas podían ya asustarlo.

Maximiliano, para ser reconocido, dijo con voz sonora:

—Matías, si no ves con claridad mi rostro, mi voz te resultará conocida.

—¡Maximiliano de Cracovia! —nombró Matías con franca alegría—. No teníais razón, pero la teníais. ¡Me ha ocurrido algo prodigioso!

—Lo sé. Lo hemos visto.

—¿Quiénes son? —insistió Bernardo, temeroso.

—Ten calma —lo tranquilizó Matías—. No nos harán daño.

—Éstos puede que no, si tú lo dices —repuso el muchacho—. Pero ¿y los otros?

—¿Qué otros? —preguntó Maximiliano.

—Vine hacia aquí al ver un resplandor amarillo —aclaró Bernardo—. Pero al pasar por un altozano vi también jinetes a lo lejos, en la entrada del páramo. Desde donde estamos no se los ve, pero vienen hacia aquí. Si sus caballos son rápidos, no tardarán.

Maximiliano dijo enseguida:

—Kelemen y los demás no habrán podido engañar por más tiempo a todos los perseguidores. El peligro es ahora mayor que nunca. Somos un objetivo al descubierto. Matías, sal del agua. Tenemos que huir hasta el Adriático. Si el último eslabón de la estrategia no ha fallado, habrá una nave esperando. ¿Quién es este muchacho?

—Un pastor amigo —aclaró Matías—. Me ayudó al comienzo de la noche. Es de confianza.

—¡Vamos! —apremió Maximiliano.

Mientras los otros tres aprestaban sus monturas, Matías se quitó las ropas empapadas y las sustituyó por algunos de los andrajos de la carreta. Después se dispuso a desenganchar uno de los caballos.

—Déjalo, Matías —le indicó Maximiliano—. No hay tiempo. Además, son buenos para el tiro, pero no para una galopada como la que nos espera. Y están agotados. Te subirás a mi grupa. En cada caballo llevaremos una de las cajas. No hay otro modo de salvarlas.

Al montar, Matías preguntó:

—¿Son éstas las cajas auténticas?

—Sí —respondió Maximiliano—. ¡En marcha!

Los tres caballos iniciaron una veloz carrera por los páramos. Matías, abrazado a la cintura del traductor, le preguntó a gritos:

—¿Qué contienen las cajas? ¡Nunca lo he sabido!

—El polvo alquímico. Una pequeña parte lo desparramamos sobre el agua, a tu alrededor. Ya sabes el efecto que ha logrado.

El galope era veloz. No fue posible seguir hablando. Matías renunció a preguntar más. Ya tenía elementos para irse formando una nueva idea de los hechos.

Bela iba en cabeza de la columna. Era el único conocedor de aquellos parajes y sabía el mejor modo de llegar lo antes posible al lugar adonde iban. Maximiliano le había hablado de la caleta donde tenía que producirse el embarque.

Al atravesar una zona del terreno más elevada que las del contorno, los cuatro fugitivos pudieron divisar los jinetes que Bernardo había visto antes. Ya no estaban tan distantes, aunque la ventaja que tenían era aún considerable.

Tras otro largo trecho por las tierras calcáreas, la visión del mar los deslumbró. Parecía un inmenso estanque de mercurio, una imagen agrandada del lago donde Matías había ingerido parte de la levadura alquímica diseminada en el agua.

Con gran júbilo distinguieron la silueta de la nave veneciana. Estaba sobre la mar quieta, esperando, con las velas parcialmente plegadas. Les pareció un símbolo de la esperanza.

Bela de Serbia, frenando su caballo y volviendo grupa, les anunció a los demás:

—Por este sendero se desciende a la cala. Si actuamos con rapidez, nuestros perseguidores no adivinarán fácilmente por dónde hemos desaparecido. Ahora no pueden vernos desde el páramo.

Maximiliano de Cracovia tomó las decisiones. Hablándoles a Matías y Bernardo, dispuso:

—Yo represento ahora, por su deseo, al doctor Kelemen. Tenemos muy poco tiempo. Atended sin perder palabra. Los de la nave esperan que unos caballeros embarquen. Bien: seréis vosotros dos.

—¿Nosotros? —saltó, entre sorprendido y asustado, Bernardo.

—Entrasteis en la conjura casi por casualidad. Pero una cadena de azares os ha convertido en los emisarios últimos, en los únicos que habéis llegado al mar en condiciones de embarcar. No hay duda, pues. Vosotros seréis los salvadores del tesoro alquímico que está en las tres cajas.

—¿Por qué no vos —preguntó Matías—, y el monje que os acompaña?

—Porque lo quieren las circunstancias. Nuestros perseguidores han visto huir tres caballos en la distancia. Bela y yo, con el tercer caballo, seguiremos cabalgando hasta la Abadía del Mar. Allí obtendremos refugio y protección. Vosotros no lo conseguiríais tan fácilmente: ninguno de los dos sois miembros de la comunidad. Se perdería un tiempo precioso con las explicaciones, lo que haría que los perseguidores os capturaran fácilmente sin ni siquiera entrar en el recinto monástico. Sólo podéis huir por el mar. Bajad a la cala con las cajas, abrid la que tiene la tapa sujeta con cordaje y haced señales de luz con el fragmento de oro alquímico que encontraréis en ella. Es plomo transmutado en metal puro: refulge como el sol. El resto del contenido de las cajas consiste en bolas de cera virgen. Contienen el polvo alquímico obtenido por Kelemen, el Talismán de Talismanes.

—Pero... —quiso protestar Matías, desconcertado por la rapidez de la propuesta.

—Silencio. Además, llevas en ti el polvo alquímico. No hay tiempo para objetar. La nave que os espera fue contratada a toda prisa. Dos alquimistas van a bordo. Es muy posible que los tripulantes confíen en apoderarse de un valioso botín y de importantes rehenes. Con astucia os habrá de ser posible engañarlos. Serán incapaces de adivinar la importancia que tiene el contenido de las bolas de cera. Aquí tenéis monedas de oro en abundancia. Kelemen me las confió —prosiguió rápidamente entregándole una bolsa de cuero a Bernardo—. Con ellas los contentaréis. Dejad que se queden también, si lo quieren, el fragmento de oro alquímico. Lo importante es salvar las bolas de cera y llegar con ellas a una isla dálmata que los alquimistas de a bordo conocen. Allá la prodigiosa levadura estará a salvo: el archipiélago es un vasto laberinto que no podría controlar ni la mayor escuadra del mundo. Os estarán esperando algunos aliados de Kelemen y vuestra misión concluirá llena de gloria. ¿Estáis dispuestos?

—Caballero de Cracovia —dijo Matías, anticipándose a Bernardo, que aún dudaba—, lo estamos.

Bela, que escrutaba el horizonte de los páramos, urgió:

—Tenemos que irnos ya, Maximiliano. De lo contrario nos verán salir de aquí y no se podrá llevar a cabo lo que has dispuesto.

—Sí, vamos. Utilizad el oro como os he dicho. Lo verán perfectamente desde el mar. ¡Que la fortuna os acompañe y que el Señor del Universo guíe vuestros actos!

Enseguida, Bela y Maximiliano, llevando de la rienda al tercero de los caballos, emprendieron veloz galopada en dirección a la Abadía del Mar. Mientras, los dos muchachos, sin intercambiar palabra, empezaron a bajar las cajas a la cala. Las altas escarpas de los acantilados ocultaban totalmente sus movimientos.

Cuando pisaron las arenas de la playa, Matías quitó el cordaje de la caja indicada por Maximiliano. Al levantar la tapa, la piedra de oro alquímico multiplicó en amarillo la luz lunar que recibía.

Vieron también las esferas de cera virgen. No se atrevieron a tocarlas. Una de ellas estaba abierta. El contenido que le faltaba dormía en el fondo del lago tras haber iluminado la vuelta de Matías a la Vida.

Bernardo cogió la piedra de oro transmutado, mientras su compañero volvía a cerrar la caja. Luego Matías tomó el oro entre sus manos y tendió los brazos al mar, en dirección a la nave, como si ofrendara el fragmento aurífero a un invisible dios del Adriático.

El oro y el muchacho constituían el más prodigioso faro que nunca el mundo había conocido en las costas y en los mares: ambos aparecían igualmente iluminados, como si hubiesen sido creados para coincidir en aquel momento del tiempo y en aquel lugar del espacio.

16

Maximiliano y Bela llegaron a las inmediaciones de la Abadía del Mar. Estaban convencidos de haber logrado su propósito. Los jinetes perseguidores habían ido tras ellos en una frenética carrera junto al mar mercurial de luna llena.

Al llegar ante la imponente mole de la abadía, Bela de Serbia emitió el peculiar sonido gutural por el que era siempre reconocido al volver de sus expediciones nocturnas. Sólo él sabía hacerlo, como consumado imitador que era de las más diversas aves.

Aun a aquellas altas horas de la noche, la llamada alertó al principal de los monjes cancerberos. A los pocos momentos tuvieron la entrada abierta.

El barón Gabor en persona iba al frente de los perseguidores. Su lugarteniente Zoltan cabalgaba a su lado, rezagado un cuerpo. Otros nueve hombres los seguían al galope.

Habían visto la nave veneciana. Pero estaban seguros de que los fugitivos, apremiados por su proximidad, se habían dado cuenta de que no dispondrían del tiempo necesario para el embarque y habían optado por refugiarse en la abadía y tratar de llegar allí a un pacto con Gabor y sus hombres.

Gabor le gritaba a Zoltan:

—Confían en que la abadía los resguarde. ¡Desdichados! ¿Ignoran que yo soy uno de sus más generosos protectores, que ejerzo sobre ella el mecenazgo? Sus puertas se abrirán para nosotros en cuanto dé a conocer mi nombre. Además, estoy seguro de que el abad se negará a darles cobijo cuando sepa que tienen el fermento alquímico, fruto de inquietudes no cristianas. ¡Tenemos la partida ganada!

Cuando llegaron al pie de la muralla monacal, Zoltan y los demás dieron grandes voces exigiendo que se le franqueara la entrada de inmediato al barón Gabor.

Los monjes cancerberos, sin negarse abiertamente, demoraron la apertura tanto como pudieron mientras, en estancias interiores, Bela y Maximiliano le exponían las críticas circunstancias al abad del Mar, que escuchaba con grave gesto, no exento de repulsa y contrariedad.

Arreciaron las protestas y amenazas de los perseguidores. Al fin, el mismo Gabor alzó su voz atronadora y exigió:

—En nombre del rey de Hungría, a quien represento en esta acción, os conmino: ¡abridle la puerta al barón Gabor, que es quien os habla! ¡Si no lo hacéis, reuniré fuerzas más numerosas y ordenaré un asalto en toda regla!

El abad del Mar, que ya había concluido su difícil y apresurada conversación con Bela y Maximiliano, dispuso que se les diera paso franco a los airados jinetes.

La tumultuosa entrada de los perseguidores fue refrenada por la figura del abad, que los esperaba a pie firme en el zaguán de los pobreros. Los detuvo y acalló preguntándoles severamente:

—Decidme, caballeros: ¿a qué viene este desafuero? ¿Qué motiva vuestros gritos destemplados? ¿Qué asunto urgente justifica vuestra colérica irrupción?

—Excelencia —respondió Gabor, suavizando apenas su ira—, unos herejes alquimistas, portadores de sustancias sacrílegas, se han introducido en la abadía. Nosotros venimos a apresarlos y a liberar el sagrado recinto de su presencia impía.

—¿Herejes alquimistas? ¿Sustancias sacrílegas? ¿Qué estáis diciendo, señor barón?

—Los hemos visto entrar. Sólo así han evitado que les diéramos alcance —intervino Zoltan—. Son tres los fugitivos. Entregádnoslos. Su presencia es nociva para la santa paz que debe reinar entre estos muros.

Con gran firmeza, el abad del Mar replicó:

—Aquí sólo han entrado esta noche un monje de la comunidad, Bela de Serbia, y el caballero erudito Maximiliano de Cracovia, ilustre traductor de textos clásicos.

—¡No puede ser! —bramó Gabor—. ¡Eran alquimistas fugitivos, discípulos y cómplices del hereje Kelemen!

—Nunca habría dado mi consentimiento a que entraran alquimistas en la abadía; podéis tenerlo por seguro.

—Tenemos la certeza de que lo eran, excelencia —terció Zoltan, insistiendo—. Dimos buena cuenta de muchos de ellos en los bosques. Pero unos pocos lograron escapar, llevando en unas cajas una supercheria blasfema. Nuestro objetivo es capturarlos y destruir sus polvos de hechicería.

Como habían acordado con el abad, Maximiliano y Bela comparecieron. El monje tomó la palabra serenamente, aunque con cierta ironía:

—¿Y para destruir unos simples polvos de hechicería os tomáis tantas molestias, nobles caballeros? Vuestra acción es desproporcionada, absurda diré incluso, si me lo permitís.

El abad intervino de nuevo, señalando a los dos comparecidos:

—Éstos son los hombres que estuvisteis persiguiendo. Ya os he dado sus nombres. No son alquimistas. ¿Os dais por satisfecho, barón Gabor?

Zoltan dudaba. Sabía que Gabor estaba esperando de su ingenio algo que ayudara a aclarar la situación, en la que presentía engaño. Preguntó:

—¿Por qué escapabais, entonces, si nada teníais que ocultar?

Bela respondió calmosamente:

—La explicación es clara, caballero. Nuestro amigo Maximiliano, a quien salí a esperar al páramo extrañado por su tardanza, me explicó que en los bosques había refriegas y luchas encarnizadas. Él mismo sufrió algunas afrentas, a pesar de ser ajeno a los combates. Cuando os vimos lanzados hacia nosotros, temimos por nuestra suerte y buscamos la seguridad de la abadía. No quisimos exponernos a caer en manos de bandidos o desalmados.

—Los fugitivos eran tres —dijo de pronto Zoltan, como si hubiese dado con el elemento clave del engaño—. Aquí hay dos hombres; pero, y el tercero, ¿dónde está?

Sonriendo con indulgencia, Bela expuso:

—Eran tres los caballos. Os engañó la distancia. Sólo dos iban montados, caballero. Fui al encuentro de Maximiliano con un segundo caballo de refresco, por si el suyo estaba muy cansado.

Gabor rompió la precaria compostura que había mantenido. Creyéndose burlado, sacó su espada y la blandió amenazando:

—¡Mientes, monje! ¡Daremos con el tercer hombre y con la materia que esconde!

El abad temió que se produjera un conflicto muy grave. Pero había dado a Bela y Maximiliano palabra de sostener la situación para dar tiempo a que dos muchachos en peligro embarcaran. Con toda energía hizo oír su voz:

—No toleraré armas desnudas en este recinto sagrado. ¡Volved la espada a la vaina! Os lo exijo en nombre de Dios, barón Gabor.

Aunque desconcertado por la firme actitud del abad, Gabor insistió:

—Registraremos la abadía hasta dar con el hombre que falta, tanto si lo autorizáis como si no.

El abad replicó, aún con mayor firmeza:

—Haré llegar mi queja al primado de Hungría. ¡Por él conocerá el rey estos desmanes!

Gabor se dio cuenta de que la amenaza era grave. El cardenal primado de Hungría era uno de los consejeros del rey. Mal se pondrían las cosas si le llegaban quejas al soberano por su conducto. Dudó. No había esperado tanta resistencia por parte del abad, y no lograba entender por qué protegía con aquella tenacidad a un alquimista.

En ese momento, Zoltan adivinó en parte la estratagema con la que los habían desviado de su objetivo:

—Barón, ¡creo que estamos perdiendo el tiempo aquí! El hombre que falta debió de quedar atrás, en los acantilados, con la intención de embarcar en la nave que está al pairo. ¡En su poder debe de estar el polvo alquímico!

Gabor comprendió al instante lo acertada que podía ser aquella sospecha. Inmediatamente ordenó:

—¡A los caballos! ¡Tenemos que impedir que la nave recoja al fugitivo!

17

AL llegar con el bote a la playa, Imré se asombró al descubrir que eran dos muchachos, y además desconocidos, quienes estaban esperando con las cajas y el oro alquímico.

En los primeros instantes temió que los chicos fuesen un cebo y toda la situación una celada. Pero Matías, con pocas palabras, le explicó las causas de que fuesen ellos los que estaban allí para hacerse a la mar.

El recelo de Imré cedió y dio paso a un asombro maravillado. Sólo pudo exclamar:

—¡Qué extraordinaria conjunción de circunstancias! Bien puede decirse que la fortuna no nos ha abandonado, o no del todo, por lo menos.

A continuación examinó el oro alquímico y el contenido de una de las cajas. Al ver las bolas de cera virgen ya no dudó más y, lleno de profunda emoción, abrazó a los dos muchachos. Después, sin pérdida de tiempo, pasó a hablarles de las dificultades que iban a encontrar en la *Escitia* a causa de las ansias de pillaje de los venecianos. Finalmente, con rapidez, les dictó sus últimas disposiciones y consejos:

—El capitán sólo admitirá dos pasajeros en el bote en un primer viaje. Iréis vosotros dos, con las cajas. Mi compañero Itsván está retenido a bordo, como rehén. Se sorprenderá, como yo, al veros. Pero es hombre prudente. Sabrá guardar silencio al ver las cajas y esperará a la primera ocasión que tengáis para explicarle los hechos. Ante los tripulantes fingiréis ser un joven hidalgo y su criado que escapan de una posible venganza o hecho de sangre. Diréis que el polvo alquímico es una medicina que le es necesario tomar a Matías. Espero que los venecianos lo crean. Les dais todas las monedas de Kelemen y, si os la exigen, también la piedra de oro. Lo importante, por encima de todo, es salvar el polvo alquímico, además de vuestras vidas, claro. Embarcad ya.

Moviéndose con rapidez, los tres llevaron las cajas al bote, que había quedado con la proa apoyada en la arena. Mientras efectuaban el traslado, Matías le preguntó a Imré:

—Y vos, ¿qué haréis? Los hombres que nos perseguían pueden venir hacia aquí cuando adivinen la treta de Maximiliano.

—No habrá tiempo para un segundo viaje del bote. Escaparé tierra adentro o me ocultaré en alguna falla de los acantilados. Lo importante ahora es que huyáis con las cajas. No os preocupéis por mí. Que toda la suerte del mundo os acompañe.

—Y también a vos —dijo Bernardo.

—Gracias, chicos. Sois magníficos. ¡Id!

Los tres empujaron el bote para desembarrancarlo, y los muchachos embarcaron y cogieron enseguida los remos. Imré, entrando en el agua, les dio un primer impulso y permaneció unos instantes, inmóvil, viéndolos alejarse.

Después salió del agua, atravesó la playa y empezó a subir por el sendero que comunicaba la cala con la cornisa litoral. En aquel momento oyó rumor de cascos de caballos. Sintió miedo, pero continuó ascendiendo por la pendiente. Se decía: «¡Tengo que darles tiempo, cueste lo que cueste!».

Cuando el fragor de los jinetes se oía ya muy cerca, dio medio vuelta y caminó en sentido descendente. Quería que lo vieran bajando a la playa, no volviendo de ella. Eso lo ayudaría a entretenerlos y les haría creer que era él quien iba a embarcar y nadie más.

Como esperaba, a los pocos momentos oyó galopes y gritos a su espalda. Una voz, la de Gabor, se destacó de las restantes:

—Detente, alquimista. Ya te tenemos. ¡Entréganos la carga!

—Imré se volvió a hacerles frente. Desde aquel recodo del sendero no podía verse la playa ni el bote que se alejaba. Allí tenía que entretenerlos tanto como pudiera. Les dijo:

—Sólo os entregaré lo que buscáis bajo ciertas condiciones.

—¿Condiciones? ¡Aquí están! —bramó Gabor, dándole un revés con la espada que hizo brotar sangre de una de sus mejillas.

Imré notó el dolor, pero aguantó.

—¿Queréis remover toda la arena de la playa? Os

llevará varias jornadas. Sólo yo sé en qué lugar exacto de la cala están enterradas las cajas. Lleguemos a un acuerdo.

—¿Qué quieres? —le preguntó Zoltan, con desprecio, pero interesado.

Consciente de que cada momento era más valioso que el anterior para proteger la fuga de Matías y Bernardo, Imré repuso ambiguamente:

—Garantías.

—Explícate mejor. ¿Qué clase de garantías?

—El papel de víctima no me atrae. No quiero sufrir daño. Hablaré si estoy seguro de que respetaréis mi vida.

—Sólo puedes esperar que sea respetada indicándonos el lugar preciso donde se ocultan las cajas. Ahora mismo. ¡Vamos!

Aguantando su posición, que los otros aún no habían rebasado, dijo Imré:

—¿Cómo puedo confiar en que me dejaréis en libertad cuando yo haya cumplido mi parte del trato?

—Cuidado, barón —advirtió Zoltan de pronto—. Quizá esté ganando tiempo para dar ocasión a que los de la nave desembarquen. Pueden ser muchos y estar armados.

Gabor ordenó a los que lo acompañaban:

—Pongamos fin a esta farsa. ¡Arrastradlo a la playa!

Imré fue bajado a empellones por los esbirros. Cayó dos o tres veces, pero a la fuerza lo levantaron. El tramo final lo recorrió arrastrado por uno de los caballos.

Cuando desembocaron en la playa, Gabor, Zoltan y los demás comprendieron el engaño. El bote en que Matías y Bernardo remaban sin descanso estaba fuera de su alcance, ya muy próximo a la nave.

El barón, abalanzándose sobre Imré, profirió:

—¡Hijo de Satanás! Nos la has jugado. Pero no vivirás para contarlo.

Desde el mar, los dos muchachos vieron la escena que se desarrollaba en la cala y temieron por la suerte del alquimista, aunque nada podían hacer por ayudarlo. Se estremecieron al pensar que ellos también podían haber sido alcanzados por aquella horda despiadada.

Enseguida, toda su atención tuvo que concentrarse en la *Escitia*. Había sonado para ellos la hora decisiva. Se miraron para darse ánimos.

Salvaron remando la última distancia que los separaba de la nave y esperaron el lanzamiento de algún cabo. Vieron varias siluetas asomadas por la borda. De entre ellas surgió una voz itálica. Era Treviso quien hablaba. Pero los muchachos no comprendieron ni una sola palabra. En el primer silencio que hubo, Matías se decidió a hablar:

—Señores, no os entendemos, pero sabemos que nos estabais esperando. Izadnos. Tenemos con qué pagar la continuación del viaje.

Les llegó después un rumor confuso. Al fin, una nueva voz les habló en croata. Adivinaron que se trataba de Itsván, el compañero de Imré. Les dijo:

—El capitán de esta nave exige que las cajas sean

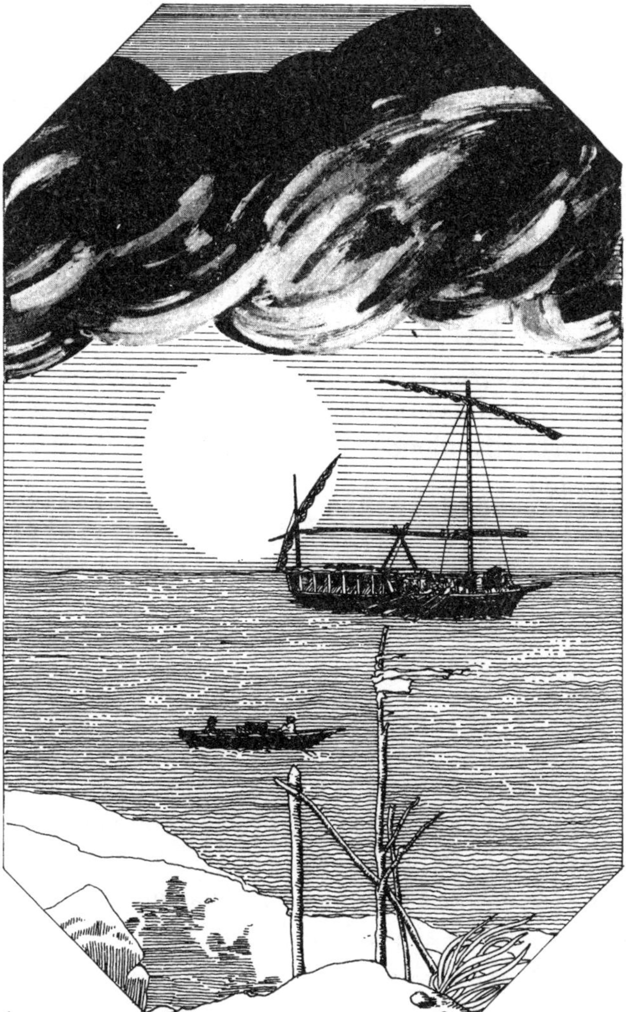

examinadas antes de comprometerse a llevarlas. Si son aceptables, serán admitidas a bordo, al igual que ustedes.

Matías y Bernardo comprendieron lo peligroso de la situación. Aquel individuo podía abandonarlos, no importándole perder el bote, si la mercancía lo decepcionaba. Y lo mismo podía hacer si era de su agrado. Matías arguyó:

—El capitán no ha de temer la falta de pago de nuestros pasajes. Tenemos una bolsa repleta de ducados. Y por la mercancía que llevamos tampoco ha de inquietarse. Se trata de una medicina que yo debo tomar sin falta. Como no tengo la certeza de poder obtenerla allá adonde voy, llevo conmigo una buena provisión.

A través de Itsván, el veneciano dijo:

—Veamos primero la medicina y los ducados. Se lanzará un cabo para izarlos.

—No, señor —opuso Matías con firmeza, aunque por dentro temblaba—. Los ducados subirán a bordo conmigo y con Bernardo, mi criado.

—Las cajas, entonces. Amarradlas.

Los dos muchachos ataron las cajas a los cabos y fueron izadas una tras otra. Luego oyeron voces, pero no podían saber qué ocurría.

Pero sí Itsván. El capitán y los marineros lanzaron gritos de júbilo al ver la piedra de oro.

—Empezamos bien —dijo Treviso—. Y lo otro, ¿qué es?

—Bolas de cera, capitán.

—Algo esconden. Rompedlas.

Itsván se horrorizó al ver el precioso polvo alquímico derramado sobre cubierta. Pero se contuvo y nada dijo, para no delatar la inmensa importancia del producto.

—¿Qué es esa porquería?

—¡Oro en polvo!

—No, no lo es. Sabe a azufre. No vale nada.

—¿Será verdad que es una asquerosa medicina?

—¿Qué otra cosa puede ser semejante basura?

Los dos muchachos fueron interpelados de nuevo.

—El fragmento de oro les parece aceptable, pero no es bastante. Ahora quieren ver los ducados —les dijo Itsván.

Matías mantuvo su postura, aunque sólo garantizaba que los izaran a bordo. Podían arrojarlos después al agua sin contemplaciones.

—Los ducados subirán con nosotros, señor.

Como respuesta, Treviso dio una orden que no necesitó ser traducida. Varios cabos fueron lanzados para izarlos y recuperar el bote.

Matías y Bernardo, casi temblando, se aprestaron a emplear todo su ingenio para salvar el polvo alquímico. Pero no las tenían todas consigo. Estaban expuestos a un fin semejante al de Imré, y lo sabían.

18

Bela de Serbia era, entre todos los monjes de la Abadía del Mar, quien tenía una vista más penetrante y de mayor alcance. Junto a Maximiliano, en la muralla costera del recinto, observaba la *Escitia*.

—¿Puedes verlos todavía, Bela?

—Sí. Los están subiendo a bordo.

—Todo dependerá de lo que ocurra en los próximos momentos.

—Pueden tener suerte con los marineros, pero también pueden salir muy malparados. No son más que dos muchachos.

—Te parecerá extraño, pero ahora me pregunto si hice lo mejor dejándolos solos con las cajas a su cargo. Temo haberlos expuesto a algo excesivo para sus años.

—¿Qué otra cosa podías hacer? —le preguntó Bela—. Tu plan dio resultado. De otro modo ahora esos chicos estarían en poder de Gabor. Y las cajas también.

—¿Quién sabe si Gabor es peor que los venecianos?

—Por lo menos, los marineros no sospecharán que

dentro de las cajas hay algo de valor muy especial. Es una diferencia importante.

—Sí, no sabrán que tienen a bordo algo muy cercano a la mítica piedra filosofal.

—Maximiliano, ¿crees de verdad que los polvos transmutatorios de Kelemen equivalen al fermento alquímico soñado desde la Antigüedad?

—Kelemen es un honesto practicante del arte magna, incapaz de supercherías y fraudes. Él está convencido de que su hallazgo le abre posibilidades nuevas a la humanidad. De ahí su interés por salvarlo. Su arriesgada conducta, y la de todos sus adeptos, demuestra que su convicción es auténtica.

—Ellos pueden sentirse convencidos, Maximiliano, pero eso no demuestra que estén en lo cierto con respecto a sus hallazgos. Podemos sentir respeto por su coraje, pero no por eso hemos de creer que han llegado a un descubrimiento de alcance universal.

—Comprendo, Bela, que tu deber como miembro de la Iglesia es mostrarte escéptico ante todo lo que escape al ámbito de tus creencias. Pero yo puedo aceptar otras posibilidades y esperanzas, aunque sean dudosas o improbables.

—No es el monje sometido a disciplina quien te habla, Maximiliano, sino el hombre que razona, la mente práctica. Siempre intento que la libertad de mi espíritu no quede coartada. Pero dudo que Kelemen haya logrado algo más que un procedimiento para obtener oro a partir del plomo, a través de complejas y laboriosas operaciones de laboratorio. Y esto, de ser cierto, aun siendo extraordinario en la ciencia de los metales, es para mí un logro relativo. Lo que verdaderamente me importa es el espíritu.

—Tú sabes que los verdaderos alquimistas, como Kelemen, consideran la transformación de los metales como un paso previo para transformar al hombre por entero. Así como mejoran la materia, creen que pueden perfeccionar la esencia humana.

—Su doctrina es ésta, cierto. Pero, sensatamente, ¿es verosímil que puedan hacerlo? Pronto empezará un nuevo siglo, el dieciséis. Me parece que es aún muy pronto para esperar prodigios que transformen al ser humano. ¿Quién sabe cuántos siglos pasarán antes de que algo así pueda lograrse?

—Mira, la barca ya está en el aire, ¿no? ¿Puedes verla?

—Sí. Ya está a la altura de los amarres. El momento ha llegado. Ojalá que todo les vaya bien a los muchachos.

El capitán Treviso se quedó de piedra al ver que los tan esperados pasajeros eran dos chicos desharrapados. Sin embargo, dirigió enseguida su atención a la bolsa de ducados que le entregaron y se ocupó en contarlos. Al final, con satisfacción mal disimulada, dijo:

—No es gran cosa, pero peor habría sido nada.

—¿Alcanza a pagar nuestros pasajes? —preguntó Matías.

—Veremos. Decidme ahora: ¿quiénes sois vosotros, envueltos a tan escasa edad en una fuga tan misteriosa como ésta?

Matías hilvanó a continuación una patraña acerca de luchas entre clanes de la nobleza húngara, procurando aburrir al capitán lo antes posible para que se desinteresara del asunto. Itsván, aún perplejo por la aparición de los muchachos, traducía. Mientras, Bernardo se esforzaba en recoger todo el polvo alquímico desparramado en cubierta. Por fortuna, una buena parte de las bolas de cera estaba intacta.

Bruscamente, Treviso se separó de ellos y se reunió con sus marineros en el costado opuesto. Empezó una discusión acalorada. Algunos tripulantes eran partidarios de arrojar a los tres pasajeros al agua, puesto que ya se habían apoderado del oro y las monedas y no había nada más que arrebatarles. Pero el capitán, y alguno de los tripulantes de mente más fría y calculadora, defendieron una argumentación contraria:

—Entre lo que nos pagaron por anticipado y lo conseguido ahora, la suma total es respetable. Nada nos impide lanzarlos al mar y volver a Pula, cierto. Pero ¿quién sabe las consecuencias que ello podría acarrearnos? El chico dice ser miembro de la nobleza de Hungría. No lo parece por su aspecto, pero sí por la cantidad de ducados que llevaba. Una nave sólo puede ocultarse en alta mar. En los puertos es vulnerable. Si la familia de este muchacho se lo propusiera, podría encontrarnos. Nada nos cuesta llevarlos a una isla dálmata. No merece la pena exponernos a una venganza.

Finalmente, tras un breve cruce de opiniones, se decidió por mayoría respetar la parte final del trato.

Itsván, Bernardo y Matías, estremecidos por la ansiedad, aguardaban el veredicto. Supieron que iban a conocer su destino, y el de las tres cajas, cuando vieron que Treviso se acercaba de nuevo. Sonriendo con cinismo les anunció:

—Estáis de suerte: os vamos a llevar al archipiélago de Dalmacia. Como veis, un capitán veneciano siempre cumple su palabra.

Los tres aliados acogieron en silencio la noticia. Disimularon su inmenso alivio y su júbilo, como si la decisión de los marineros fuese la razonable, la única que podía esperarse.

Mientras los tripulantes maniobraban para emprender el nuevo rumbo, los dos muchachos y el alquimista descendieron al sollado, pretextando necesitar descanso. Una vez allí, a solas, pudieron al fin darse las deseadas explicaciones. Itsván hizo el preámbulo:

—Aunque os bendigo de todo corazón, todavía no acierto a adivinar cómo ha sido posible que vosotros, muchachos, hayáis salvado el polvo alquímico.

—Os lo aclararé —dijo Matías—, y también a ti, Bernardo. No todo puedes deducirlo de lo que ya sabes —y se entregó a una explicación detallada de los hechos, desde su comienzo en el monasterio de Upla.

Al final dijo Itsván:

—¡Es casi increíble, extraordinario! Sólo me aflige pensar en el fin que habrá tenido Imré, mi buen amigo, aunque había consagrado su vida a la causa. Y tú, Matías, debes de ser un predestinado, un elegido. Eres ahora un Talismán vivo, una criatura privilegiada.

—¿Yo? —preguntó Matías, sinceramente extrañado.

—¡Claro! Tú mismo has contado lo que te ocurrió en el lago. ¿No comprendes su significado?

—Creo que no.

—Yo tampoco —dijo Bernardo—. Pero hubo aquel resplandor tan raro...

—Tú querías morir, ¿no es cierto?

—Sí, pensé que lo quería.

—Todos los deseos te abandonaron, incluso el más fuerte de todos, el más poderoso: el deseo de vivir. ¿No fue así?

—Sí, sí, pero...

—Sin darte cuenta llegaste a la *muerte mística*. Kelemen te ayudó a ello. Se portó muy cruelmente contigo, pero sabía por qué lo hacía y a qué estado te llevaba. Lo que a un iniciado le cuesta muchos años de su vida, despojarse de ambiciones efímeras, deseos vanos y angustias estériles, tú lo lograste en pocas horas al alcanzar aquel estado. Llegaste a la extrema desnudez del espíritu. Moriste místicamente para volver a una vida nueva, libre ya de tu pasado y tus tinieblas.

—¡Sí, así me sentí al despertar, es cierto!

—Y hubo algo más, decisivo, extraordinario: con el agua ingeriste polvo alquímico, y lo hiciste en el momento idóneo, en el más adecuado de todos los posibles: al renacer de la muerte mística. Por ello eres ahora un Talismán vivo, el primero en la historia humana. ¿Te das cuenta de lo que eso significa?

—No lo sé, en parte —murmuró Matías algo confuso y aturdido—. ¿Por eso Maximiliano esparció los polvos sobre el agua?

—Lo hizo por indicación del maestro Kelemen, no me cabe duda.

—Pero ¿cómo sabían que yo llegaría al lago? Dejé las riendas abandonadas y los caballos avanzaron a su aire.

—La ley del mínimo esfuerzo los guió.

—¡No comprendo!

—Aquella zona de ondulaciones tiene un desnivel casi imperceptible, pero incesante. La cota más baja del paraje es la del lago. Los caballos, dejados a su aire, obedecieron a su instinto de avanzar, pero siguiendo a cada paso la sutil cuesta abajo, el tramo que menos esfuerzo les requería, siempre bajando. Eso fue lo que los llevó al lago: el declive general de la vasta hondonada. Por eso te estaba esperando allí el caballero Maximiliano, y porque, además, aquél era el lugar donde estaban ocultas las auténticas cajas desde pocos días antes.

Matías llegó entonces a comprender la trama oculta de su aventura en tierra y la primorosa filigrana estratégica que había urdido Kelemen para burlar a los numerosos perseguidores del polvo alquímico. Itsván apostilló:

—El fermento se ha salvado doblemente. Ha llegado a bordo dentro de la cera virgen y también contigo, en tu propia sangre, Matías. Tu destino estará desde ahora regido por la alta estrella de la alquimia. Desde lo más hondo de mi ser, te envidio. Y también, por encima de todo, mi mayor gratitud está contigo, y con Bernardo, y con el caballero Maximiliano, y con Bela de Serbia, ese monje preclaro.

Matías se incorporó. Se sentía feliz, iluminado, pero también tenía miedo. La aventura que había iniciado con intención de obtener gloria mundana y ganarse la consideración de su padre, el conde Váltor, se había convertido en algo fabuloso, insospechado. Pero le angustiaba no ser capaz de prever los hechos que aún le aguardaban. Él era un Talismán vivo, había dicho Itsván. Pero ¿qué significaba aquello realmente? ¿Eran sólo palabras? Algo en su interior le decía que no. Y eso le producía satisfacción, pero también un cierto espanto.

De pronto, el aire, hasta entonces en calma, dejó paso al viento. Y el viento llegó bravío y amenazador. La plácida quietud de la noche se estaba truncando de forma inesperada.

El mar Adriático, como si fuera un espejo inmenso que convertía en visible lo invisible, le respondió al viento como un eco y empezó a agitarse. La madera de la nave veneciana se añadió al reflejo y empezó a quejarse, bamboleada por el naciente oleaje.

Los tres aliados se asomaron a cubierta. La irrupción del temporal también era visible en la febril actividad de los marineros. Entre gritos y movimientos crispados, habían empezado a recoger el velamen. La excitación de aquellos hombres expertos en las iras del mar confirmaba la gravedad de la galerna que se estaba acercando.

—Esto tiene muy mal aspecto —reconoció Itsván—. Pero no os asustéis, aunque sea ésta, como imagino, vuestra primera experiencia en una nave.

Ambos asintieron, confiando aún en que el vendaval amainaría pronto. El alquimista los disuadió para prepararlos:

—Tendremos, por lo menos, unas horas movidas. Pero no será nada en comparación con lo que habéis vivido en tierra con tanta entereza. Por suerte —añadió, no tan convencido como quería aparentar—, nos hemos alejado lo suficiente de la costa. No hay peligro de que la nave se despedace en los escollos.

El efecto tranquilizador de aquellas palabras duró poco. La tempestad arreció. El mar zarandeaba salvajemente la nave. El oleaje se encrespaba cada vez más. Un alud de agua cayó en el sollado, derribándolos y arrastrando las tres cajas hasta el fondo de la bodega. En el exterior, las olas gigantes saltaban por encima de cubierta, barriéndolo todo a su paso. Los venecianos, demudados, ya sólo aspiraban a aferrarse a los mástiles o a cualquier otro asidero para no ser arrebatados por la furia de las aguas. Un gran desastre parecía inevitable. Itsván gritó a pleno pulmón en el sollado:

—¡Las bolas de cera! ¡Tenemos que sujetarlas, o reventarán y se perderá su contenido!

Con las enormes dificultades que tenían que vencer para dar un solo paso, pues el pavoroso cabeceo de la *Escitia* amenazaba con lanzarlos en cualquier momento contra las paredes del sollado, los tres se acercaron al lugar donde habían ido a parar las tres cajas. Enorme fue su desesperación cuando vieron que se habían fragmentado en pedazos. Parte del polvo alquímico se estaba desparramando y las pocas bolas que estaban aún enteras rodaban por la bodega próximas a reventar.

Itsván se arrancó el capote y gritó:

—Con esto haré una bolsa para recoger todo el fermento. ¡Ayudadme! Luego la anudaremos para que no se pierda nada.

Los tres se dedicaron a recoger el precioso polvo entre las cuadernas del esqueleto de la nave. Una y otra vez salían despedidos con violencia a los costados y se golpeaban. La *Escitia* tan pronto parecía hundirse en aterradores abismos como ser lanzada a una altura donde nada podría sostenerla, o se ladeaba tanto que no parecía posible que recuperara el equilibrio.

Sin embargo, ajenos al intenso dolor que cada golpe les producía, casi ciegos en la penumbra, atormentados por el temporal, continuaron recogiendo puñados de polvo amarillo y esferas de cera aún salvas como si de ello dependiera la continuidad del mundo. Pasado un rato interminable, habían logrado salvar una buena parte en la alforja que Itsván había improvisado con su capote.

Algo vino entonces a agravar aún más la difícil situación. Por encima del fragor de la galerna, oyeron gritos y voces de los venecianos. En algún momento reconocieron la voz del capitán. Según las apariencias, trataba de apaciguar los ánimos, aunque sin lograrlo. Pero no podían entender nada del griterío a causa del estrépito de la tempestad.

145

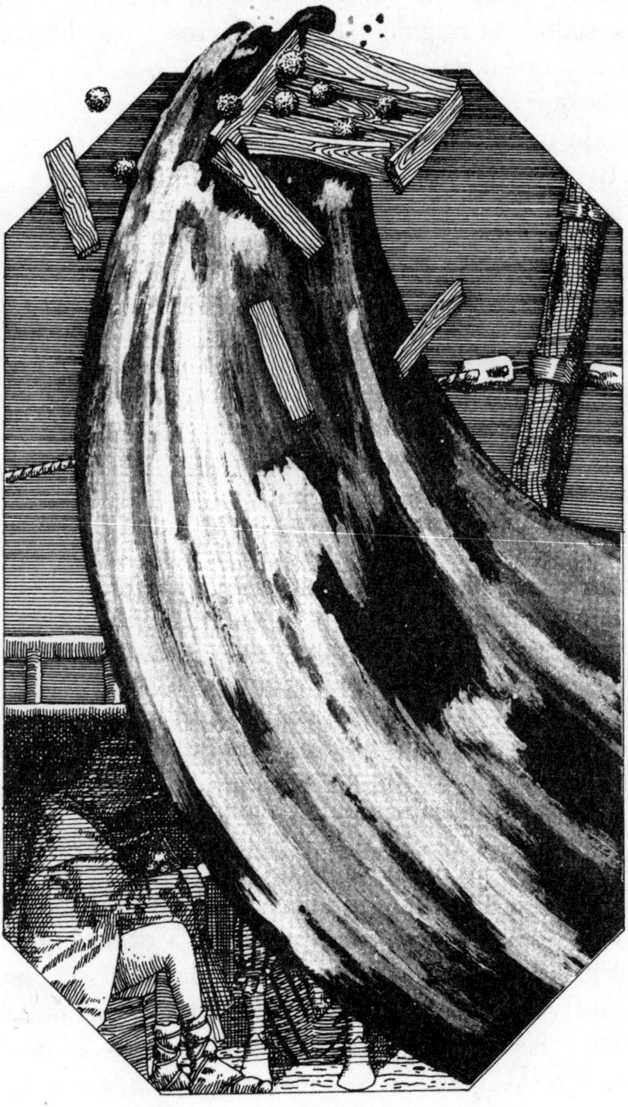

A los pocos momentos, tres de los marineros, zarandeados por los bruscos movimientos de la nave, bajaron al sollado. Uno de ellos bramó:

—¡Dadnos ese polvo de brujería! ¡Es el causante del desastre!

Itsván y los muchachos comprendieron que la situación era desesperada. Los venecianos, tan asustados como ellos, estaban dispuestos a arrebatarles el polvo amarillo. El alquimista, intentando hacerles entrar en razón, les habló con vehemencia:

—Os engañáis. Vuestro temor es superstición. Esta medicina nada tiene que ver con la furia del siroco. ¡La tempestad obedece a causas naturales!

Los tres marineros gritaron:

—¡Si no arrojamos esa porquería al mar, nos iremos a pique!

—¡Va a provocar un maremoto!

—¡Estúpidos fuimos al no librarnos de ella con sólo verla! ¡Dámela, croata, o saltarás con el potingue por la borda!

—¡Es un medicamento muy difícil de obtener! —clamó Itsván—. ¡Si lo echáis al mar, este joven morirá a los pocos días! ¡Tened piedad!

—¡Es preferible que muera él a que muramos todos! ¡Dame la sal amarilla o te la arrancaré de las manos!

El alquimista, a la desesperada, clamó:

—¡Estáis equivocados, el miedo os hace desvariar!

Una ola descomunal, que casi abatió completamente la nave hacia uno de sus costados, no dejó oír nada más. Los marineros cayeron sobre Itsván como un solo hombre y le arrebataron el fardo que contenía el polvo alquímico, sin que Matías ni Bernardo pudieran hacer nada por evitarlo. Después, ebrios de euforia, volvieron a cubierta con su botín.

Itsván estaba medio inconsciente a causa de los golpes recibidos. Bernardo se hizo un ovillo junto a él, como si quisiera protegerse de nuevos ataques. Sólo Matías, creyéndose de nuevo más muerto que vivo, tuvo aún fuerzas para trepar a cubierta.

Al asomar la cabeza, sujetándose fuertemente con ambas manos para no salir despedido, vio la proa de la *Escitia* sobre sí, en lo alto, como en el cenit de una bóveda. Después, casi sin transición, el pavoroso movimiento pendular del cabeceo le mostró la proa a sus pies, como una compuerta del averno por la que entrara, espumeante y furioso, un mar de pesadilla.

Pensó que la nave se hundía sin remedio. Iba a morir cuando menos lo quería. Vertió él también agua salada, lágrimas, las primeras que en mucho tiempo le venían a los ojos.

Entonces vio a los tres marineros que habían bajado a la bodega. Estaban aferrados a la borda como lapas. Pero no era ésa su principal actividad. Se habían expuesto a ser afrastrados por la violencia del mar para abrir el capote de Itsván sobre las aguas enloquecidas y dejar que el fermento amarillo cayera sobre la espuma salvaje, como si así pudieran aplacarla.

Matías no pudo contener su rabia. Los increpó con los peores insultos que conocía. Pero los aullidos del vendaval se llevaron su voz al fondo de las aguas.

Desde el puente, amarrado con gruesas sogas, el capitán vociferaba en dirección a los tres hombres:

—¡Quitaos de ahí, mentecatos! ¿Queréis que se os lleve el oleaje? ¡Adentro!

Una gran columna de agua se abatió a continuación sobre la *Escitia*. Gracias a estar firmemente agarrado, a costa de un agudo dolor en sus muñecas, Matías no cayó de espaldas al interior de la bodega. Pero el líquido espumeante entró en gran cantidad en el sollado. Matías pensó: «Nada del polvo se salvará. El poco que podía haber quedado en las cuadernas será barrido por el agua. ¡No quedará ni un gramo!».

Entonces, sin poder creérselo, pues ya se sentía como un náufrago, notó que el furor de la galerna remitía.

El abismal balanceo de la *Escitia* se moderó, y los crujidos de sus maderos, tan expuestos a la fractura, se amansaron y pasaron a sonar como el gemido dulce de una gran mecedora acuática.

Las olas ya no barrían la cubierta. Y el viento, contagiado, en vez de asolar la nave para desarbolarla, la impulsó con aliento favorable.

Matías se atrevió a pisar la cubierta. Podía tenerse en pie por sí mismo, sin necesidad de asideros. Pensó que aquella calma repentina era un milagro que no podía explicarse por causas naturales. La nueva paz lo sobrecogía. Adivinaba en ella algo extraño, misterioso, más inquietante aún que el furor de la tormenta.

De pronto intuyó la causa del prodigio. Bajó al

sollado saltando por los peldaños. No encontraba dificultad alguna en mantener el equilibrio. Agazapados en un rincón, trémulos aún, estaban Itsván y Bernardo. Les dio a conocer la nueva, exultante:

—¡El polvo amarillo ha aplacado la cólera del mar!

—¿Cómo? —preguntó el alquimista, todo asombro.

—Esos hombres lo dejaron caer sobre las aguas... Yo lo vi. ¡Y poco después se calmó el maremoto!

—¿Lo tiraron todo? —preguntó Bernardo.

—Sí. Abrieron la tela, la dejaron colgando sobre el mar y luego el aire se la llevó volando.

—¡Todo está perdido, pues! —exclamó Itsván hundiendo la cabeza en el pecho—. ¡Harán falta por lo menos otros cien años para que alguien pueda repetir la hazaña de Kelemen!

Sorprendido, Matías preguntó:

—¿Él no puede hacer más polvo amarillo cuando quiera, cuando esté a salvo, en otro lugar, en otro país?

—En el caso de que siga con vida, seguramente no podría. Ésta es la tragedia y la causa de tantos sufrimientos. Transformó el plomo en oro y obtuvo el polvo alquímico en una de sus muchas tentativas, parecidas, infinitas. Pero no pudo saber después cuál había sido el procedimiento decisivo entre las muchas variaciones practicadas. Volvemos a estar como al principio. Será muy difícil que el éxito se repita por azar.

—Pero, de todos modos, la cantidad de polvo que

venía en las bolas de cera era pequeña —objetó Matías—. Tampoco habría alcanzado para mucho.

—Sí, porque estudiando el polvo obtenido, analizándolo, viendo qué sustancias contenía, habría sido posible, procediendo hacia atrás, llegar a la fórmula talismánica. ¿Comprendes?

—¡Puede quedar un poco en el agua que inunda la bodega! —dijo Bernardo de pronto—. ¡Si la filtramos con una tela, podremos recuperar una pequeña parte!

—No bastaría con una cantidad tan insignificante, amigo mío —repuso Itsván tristemente, aunque emocionado por la iniciativa del muchacho—. Además, el agua ha entrado con violencia. No hay esperanza ya. Unas pocas partículas desperdigadas entre tal cantidad de agua no son nada.

Ninguno de los tres volvió a hablar. La sensación de que al fin, después de tantas penalidades y situaciones difíciles, todo se había perdido resultaba descorazonadora, cruel, aplastante.

Matías notó que la atmósfera del sollado lo asfixiaba. Decidió volver a cubierta para reanimarse con la brisa que había quedado tras el vendaval. Muy abatido, inició la ascensión de los travesaños de madera. Estaba por la mitad de la escalera cuando percibió el resplandor dorado.

Pensó que se trataba de un reflejo de su memoria. La escena del lago era muy reciente. La claridad amarilla, sin embargo, era más potente y diáfana, como si el tiempo la hubiese hecho más intensa. Siguió subiendo.

Al llegar a cubierta se dio cuenta de que el fulgor dorado llenaba el aire de la noche. Los marineros, asombrados, estaban contemplándolo.

Cuando vieron a Matías, todos detuvieron sus movimientos, incluso el capitán. La súbita inmovilidad de quienes lo miraban también paralizó al muchacho. No fue capaz, por unos instantes, de dar ni un solo paso.

El resplandor amarillo procedía del agua que rodeaba la nave; ascendía desde el mar y se propagaba, por toda la arboladura, hacia el aire.

Matías se acercó a la borda de babor, hipnotizado, mientras los venecianos continuaban en su quietud atónita. Los ojos del muchacho casi se cegaron. El mar reververaba en oro como si en él se reflejaran cien soles. El resplandor del lago se había repetido allí, acrecentado, intensificado hasta lo indecible, pródigo en destellos, abrumador, por obra de la sustancia alquímica arrojada al agua.

El muchacho parpadeó con fuerza para cerciorarse de que no sufría una alucinación. Lo hizo varias veces. Pero el mar incandescente siguió brillando ante sus ojos deslumbrados.

Para aliviar su mirada de la cegadora luminaria y darle unos momentos de descanso, la elevó por encima del mar y la dirigió a la costa, que se perfilaba en la distancia, también alcanzada por el resplandor.

Entonces vio.

19

MATÍAS vio Hungría y Croacia como si las contemplara desde el aire. Las abarcaba en toda su extensión y, a la vez, podía percibir cualquier detalle de ambos territorios, que eran uno bajo la corona húngara. Todo, hasta el último confín, estaba iluminado por el resplandor dorado.

Supo que el polvo alquímico que había ingerido con el agua del lago circulaba por su sangre y le daba una clarividencia extraordinaria.

Pudo ver a Bela y a Maximiliano, como si los tuviera ante sí, al alcance de la mano, contemplando maravillados desde las almenas de la abadía el gran resplandor que incendiaba el Adriático.

Vio también al viejo Josip Maros, abad de Upla, postrado en oración ante el altar mayor de la iglesia monacal, rogando por el pronto regreso de Maximiliano. Matías se apiadó de él y en su corazón lo exoneró de toda culpa.

Le llegó después la visión de su padre, el conde Váltor. Estaba amonestando duramente a sus capitanes por no haber sabido apoderarse del fermento que convertía en oro los metales. Supo Matías entonces que el conde tenía otros catorce bastardos, igualmente abandonados a su suerte. Sonrió. Ya no le importaba. Ya no era un bastardo que ansiaba ser reconocido por el padre que lo tenía repudiado. Había renunciado a ello al renacer en el lago. Era *él mismo*, y forjaría su vida por la ancha faz del mundo, indiferente a títulos y linajes, despreciando toda gloria que no procediera de los hechos verdaderos de cada persona.

Supo y vio, con gran dolor, que Kelemen, Miklós e Imré habían perdido la vida a manos de los perseguidores del fermento del oro. Y supo también que muchos otros alquimistas habían resultado muertos, heridos o mutilados en las múltiples luchas y emboscadas. Su corazón sangró, y comprendió que también con sangre se continuaría escribiendo por muchos años una parte de la historia de las naciones.

Vio a tres hombres anhelantes, alquimistas ancianos, que en vano esperaban la llegada de polvo alquímico, para analizarlo, en una recóndita isla de Dalmacia. Los compadeció; sabía que su espera iba a ser estéril.

Moviéndose con el pensamiento por el tiempo, lo que le era posible gracias a la clarividencia de que gozaba, vio y supo con espanto que en un futuro cercano los ejércitos del imperio turco invadirían una parte de Hungría y de Croacia, asentándose en ella y causando dolor y muerte. Habría preferido no conocer aquel hecho del futuro.

Y supo asimismo, finalmente, que su cuerpo empezaría a eliminar pronto el polvo dorado de los alquimistas y que nunca más volvería a tenerlo en la sangre. Con el fin de la aventura dejaría también de ser un Talismán vivo.

El resplandor dorado del mar, tras haber alcanzado su deslumbrante apoteosis, empezaba a menguar por todo el horizonte. En su lugar se alzaba una neblina producida por el calentamiento de las aguas.

Matías se volvió. Junto a él, Itsván y Bernardo, en sobrecogido silencio, contemplaban el final del prodigio.

Intercambiaron una larga mirada.

Los tres sabían que todo había terminado.

Epílogo

La *Escitia* llegó a los dos días a la recóndita isla del archipiélago dálmata donde aguardaban los tres alquimistas ancianos. Itsván les comunicó que el polvo alquímico que esperaban se había perdido en el Adriático.

Días más tarde, tras una emocionada despedida, Bernardo, en otra nave, emprendió el retorno a Croacia, mientras Itsván se dirigía a la Dalmacia continental con la intención de llegar más tarde a Hungría para reorganizar en secreto los mermados grupos alquimistas.

Matías, lleno de dudas sobre su futuro, permaneció varias semanas en la isla con los tres venerables ancianos, de los que aprendió la secreta historia del arte magna. Finalmente, resolvió no regresar a Croacia y tentar nuevos caminos.

Embarcó hacia la península Itálica, y la recorrió de punta a cabo explicando su experiencia inolvidable en los cenáculos alquimistas de las más importantes ciudades. Todos querían conocerlo, preguntarle, hacerle contar una y otra vez los hechos que había vivido. Él era el testigo vivo del gran prodigio originado por Kelemen. Aceptó la misión de ser portavoz y prueba de un hecho acaso irrepetible.

Años más tarde, en Ferrara, conoció al gran Paracelso, el médico y alquimista. A partir de aquel momento, una vinculación profunda se estableció entre ambos, y compartieron viajes y experiencias por las rutas de Europa.

Ambos dieron forma a dos sentencias que hasta hoy han perdurado:

«El hombre es como un taller visible, constituido por su cuerpo, y otro invisible, que consiste en su imaginación.»

y

«La imaginación del hombre puede crear sus formas invisibles y materializarlas.»

Cuando Paracelso murió en Salzburgo, en 1541, a los cuarenta y ocho años, fue Matías, que a la sazón contaba cincuenta y siete, quien le cerró los párpados.

Tras la muerte del último maestro de la edad de oro de la alquimia, Matías, que siempre se había considerado un modesto aprendiz del arte magna, dedicó sus últimos años a aplicar los conocimientos de medicina que había aprendido junto a Paracelso y se entregó a la curación de los enfermos y al cuidado de moribundos y desesperados.

Se dice que, cuando supo llegada la hora de su

muerte, emprendió viaje a Croacia y, desconocido por todos, anónimo e ignorado, volvió al lago de las tierras calcáreas para que su cuerpo descansara eternamente bajo las aguas.

La luna reflejada fue al fin su inmemorial lápida de plata.

EL BARCO DE VAPOR

SERIE ROJA (a partir de 12 años)

2 / *María Gripe*, **La hija del espantapájaros**
11 / *José A. del Cañizo*, **El maestro y el robot**
22 / *José Luis Olaizola*, **Bibiana y su mundo**
36 / *Jan Terlouw*, **El precipicio**
37 / *Emili Teixidor*, **Renco y el tesoro**
39 / *Paco Martín*, **Cosas de Ramón Lamote**
49 / *Carmen Vázquez-Vigo*, **Caja de secretos**
50 / *Carol Drinkwater*, **La escuela encantada**
52 / *Emili Teixidor*, **Renco y sus amigos**
53 / *Asun Balzola*, **La cazadora de Indiana Jones**
57 / *Miguel Ángel Mendo*, **Por un maldito anuncio**
60 / *Jan Terlouw*, **La carta en clave**
64 / *Emili Teixidor*, **Un aire que mata**
65 / *Lucía Baquedano*, **Los bonsáis gigantes**
67 / *Carlos Puerto*, **El rugido de la leona**
69 / *Miguel Ángel Mendo*, **Un museo siniestro**
71 / *Miguel Ángel Mendo*, **¡Shh... Esos muertos, que se callen!**
72 / *Bernardo Atxaga*, **Memorias de una vaca**
75 / *Jordi Sierra i Fabra*, **Las alas del sol**
76 / *Enrique Páez*, **Abdel**
77 / *José Antonio del Cañizo*, **¡Canalla, traidor, morirás!**
80 / *Michael Ende*, **El ponche de los deseos**
83 / *Ruth Thomas*, **¡Culpable!**
84 / *Sol Nogueras*, **Cristal Azul**
85 / *Carlos Puerto*, **Las alas de la pantera**
86 / *Virginia Hamilton*, **Plain City**
87 / *Joan Manuel Gisbert*, **La sonámbula en la Ciudad-Laberinto**
88 / *Joan Manuel Gisbert*, **El misterio de la mujer autómata**
89 / *Alfredo Gómez Cerdá*, **El negocio de papá**
90 / *Paloma Bordons*, **La tierra de las papas**
91 / *Daniel Pennac*, **¡Increíble Kamo!**
92 / *Gonzalo Moure*, **Lili, Libertad**
93 / *Sigrid Heuck*, **El jardín del arlequín**
94 / *Peter Härtling*, **Con Clara somos seis**
95 / *Federica de Cesco*, **Melina y los delfines**
96 / *Agustín Fernández Paz*, **Amor de los quince años, Marilyn**
97 / *Daniel Pennac*, **Kamo y yo**
98 / *Anne Fine*, **Un toque especial**
99 / *Janice Marriott*, **Operación «Fuga de cerebros»**
100 / *Varios*, **Dedos en la nuca**
101 / *Manuel Alfonseca*, **El Agua de la Vida**
102 / *Jesús Ferrero*, **Ulaluna**
103 / *Daniel Sánchez Arévalo*, **La maleta de Ignacio "Karaoke"**
104 / *Cynthia Voigt*, **¡Pero qué chicas tan malas!**
105 / *Alfredo Gómez Cerdá*, **El cuarto de las ratas**
106 / *Renato Giovannoli*, **Los ladrones del Santo Grial**
107 / *Manuel L. Alonso*, **Juego de adultos**
108 / *Agustín Fernández Paz*, **Cuentos por palabras**
109 / *Ignacio Martínez de Pisón*, **El viaje americano**
110 / *Paolo Lanzotti*, **Kengi y la magia de las palabras**
111 / *Paul Biegel*, **Vienen por la noche**
112 / *Adela Griffin*, **Mejor hablar a tiempo**
113 / *Josef Holub*, **Mi amigo el bandolero**
114 / *Uri Orlev*, **El hombre del otro lado**
115 / *José María Plaza*, **De todo corazón**
116 / *Virginia Euwer Wolf*, **Semillas de limón**
117 / *Jordi Sierra i Fabra*, **Las historias perdidas**
118 / *Gudrun Pausewang*, **¿Oyes el río, Elin?**
119 / *Sigrid Heuck*, **La canción de Amina**